Lucinde Hutzenlaub

MELONENEIS-SOMMER

cbj

Der Verlag weist ausdrücklich darauf hin, dass im Text enthaltene externe Links vom Verlag nur bis zum Zeitpunkt der Buchveröffentlichung eingesehen werden konnten. Auf spätere Veränderungen hat der Verlag keinerlei Einfluss. Eine Haftung des Verlags ist daher ausgeschlossen.

Dieses Buch ist auch als E-Book erhältlich.

MIX
Papier aus verantwortungsvollen Quellen
FSC® C014496
FSC
www.fsc.org

Verlagsgruppe Random House FSC® N001967

1. Auflage
Erstmals als cbj Taschenbuch Juni 2016

Umschlaggestaltung: zeichenpool unter Verwendung von Motiven von © Plainpicture (Jasmin Sander) und Shutterstock (Olga Zakharova)
cr · Herstellung: sto
Satz: GGP Media GmbH, Pößneck
Druck: GGP Media GmbH, Pößneck
ISBN 978-3-570-22589-9
Printed in Germany

www.cbj-verlag.de

INHALT

Für Maria und Lilli

RICHTIG SCHLECHTE LAUNE

Also eine Fähre habe ich mir wirklich anders vorgestellt. Kleiner. Schiffmäßiger. Außerdem dachte ich, sie sei aus Holz.

Okay, ich hatte so was wie die Arche Noah im Sinn, aber auch nur, weil ich erst neulich mit Paula »Die Arche ist weg« auf DVD geguckt habe. Schon klar, dass auf eine Fähre Autos draufpassen müssen, und zwar mehr als nur unseres, aber trotzdem: So ein Ungetüm aus Metall und Glas habe ich jedenfalls nicht erwartet. Es kam mir eher vor wie eines der Bürogebäude in der Kölner Innenstadt. Abgesehen von den Comicfiguren, die auf die Außenseite der Schiffswand gemalt waren. Bei den Hochhäusern in der Stadt käme bestimmt sofort die Polizei und ein Putztrupp, wenn jemand da auch nur einen Fingerabdruck drauf hinterlassen würde. Dabei sah es richtig cool aus. Auf unserer Fähre waren Roger Rabbit und Tweety drauf, beide mindestens zehn Meter hoch. Ich glaube, das sollten die in der Stadt auch mal versuchen, dann würden die Leute vielleicht nicht immer so gestresst und schlecht gelaunt gucken, wenn sie in ihren schicken Businessanzügen durch die Straßen hetzen.

Aber unheimlich ist es schon, wenn man sich überlegt, dass diese Riesendinger schwimmen können sollen, oder? Und erst recht, wenn man sieht, wie viele Autos da raufpassen. Campingwagen. Wohnmobile. Busse. Menschen. Und tausend Motorräder.

Was wollen die bloß alle in Sardinien? Oder sagt man »auf Sardinien«? Weil es doch eine Insel ist? Ich habe keine Ahnung. Die wichtigste Frage ist sowieso: Was wollen *wir* eigentlich dort? Das wüsste ich wirklich gern. Vielleicht würde es mir helfen, mich auch ein bisschen auf die drei Wochen dort zu freuen. Drei Wochen. Im Ernst, das hört sich doch an wie ein halbes Leben!

Bisher weiß ich nur, dass meine Eltern wandern wollen (da darf ich mit – will aber nicht) und Cora und Emily am Strand rumliegen werden (da will ich mit – darf aber nicht). Mir ist jetzt schon langweilig. Und ich freue mich nicht. Kein bisschen. Da können die alle über das Essen, die tollen Strände und das schöne Wetter jubeln und juchzen, so viel sie wollen. Ich mag diesen Urlaub nicht. Und ich will ihn auch gar nicht mögen. Ich will nach Hause. Und dabei sind wir noch nicht einmal dort.

Überhaupt: *Sardinien* – wie sich das schon anhört! Ich frage mich, ob die dort den ganzen Tag Sardinen essen, oder was? Das frage ich mich natürlich nur leise, denn wenn ich das laut sagen würde, würden mich meine sechzehnjährige Schwester Cora und ihre beste Freundin Emily auslachen. Darüber können sich die beiden dann stundenlang beömmeln. Als ob sie noch nie irgendwelche blöden Sachen gesagt oder gedacht hätten. Leider fällt mir in solchen Momenten nie irgendwas Dummes ein, was Cora mal gemacht hat. Erst Stunden danach. Und dann ist es zu spät für eine coole Retourkutsche.

Mir kommt es jedenfalls so vor, als stünde mir der langweiligste, ödeste, heißeste und vor allem einsamste Urlaub aller Zeiten bevor. Und das, obwohl in unser Auto nicht eine einzige Person mehr reingepasst hätte (und schon gar kein Gepäck!). Aber Urlaub ohne Paula, meine beste Freundin? Dafür mit Mama, Papa, Cora und als Zugabe noch obendrein Emily? Furchtbar.

Jeder hat jemanden dabei. Nur ich nicht. Dafür muss ich im Auto die ganze Zeit in der Mitte sitzen. Als hätte man mit vierzehn keine Beine, die einem irgendwann fast abfallen. Ich habe zwar versucht, Cora und Emily klarzumachen, dass sie so ja gar nicht nebeneinander sitzen können und ich dann alle ihre obergeheimen Geheimnisse mithören kann. (Zwangsläufig. Ich lausche natürlich nicht. *Nie* würde ich so etwas tun. Ich doch nicht!) Aber das war ihnen egal. Sie haben sich dann einfach nur die ganze Zeit hinter meinem Rücken irgendwelche Zeichen gegeben und gekichert ohne Ende. Ist das normal? Hmmm. Nervig ist es auf alle Fälle.

Zwischen meinen Füßen stand die Kühltruhe mit belegten Brötchen und Getränken. Ich habe also ständig Kühltruhen-Deckel-auf-und-wieder-zu-Gymnastik gemacht. Hinter meinem Kopf quetschten sich Wandersachen, Luftmatratzen, Schuhe, Taschen und Hüte. Alles einzeln und immer im Begriff, mir in den Nacken zu rutschen.

Das liegt daran, dass mein Vater ein Packgenie ist. Behauptet er zumindest. Meine Mutter hingegen behauptet, sie wäre in der Zeit schon mindestens zweimal nach Genua und wieder zurück gefahren, in der Papa zu beweisen versuchte, dass er das komplette Gepäck so millimetergenau perfekt in den Kofferraum stapeln kann, dass man noch massenhaft Platz für Tennisschläger oder aufblasbare Paddelboote finden würde. Oder für andere Dinge, die wir dann mitnehmen müssen, einfach weil wir es können, auch wenn wir nichts davon benutzen werden. Meine Mutter schaut sich das immer ungefähr zwanzig Minuten lang an, bis sie Papa ins Haus schickt, um irgendetwas Unwichtiges zu holen oder um zu kontrollieren, ob auch alle Türen und Fenster wirklich richtig zu sind. Bis er wiederkommt, hat sie dann alles einfach in den Kofferraum gestopft und ihn abgeschlossen. Da traut sich dann keiner mehr ran, es sei denn, er möchte von Koffern und Taschen erschlagen werden. Tja. Das kann einem natürlich trotzdem passieren, wenn man auf der Rückbank sitzt, so wie ich.

Wenn mein Vater zurückkommt, seufzt er ergeben und steigt einfach ein. Und wieder aus. Weil er immer irgendwas vergessen hat. Und lieber noch ein drittes Mal alles kontrolliert. Und dann lehnt sich Mama zur Fahrerseite rüber und hupt so lange, bis er kommt. Peinlich! Sie streiten echt selten, aber wenn wir in den Urlaub fahren, geht es schon in der Einfahrt los. Bis wir endlich losgefahren sind, sind wir alle grundsätzlich deutlich urlaubsüberreif. Und bis wir angekommen sind, wollen wir schon gar nicht mehr miteinander im Urlaub sein. Dabei fahren wir sonst immer nur an den Bodensee.

Schade, dass Paula ausgerechnet diese Ferien keine Zeit hat, sonst hätte nämlich *ich* meine beste Freundin mitnehmen dürfen und nicht Cora. Schlechte Planung, sage ich nur. Paula ist zum Reiten irgendwo im Allgäu. Tom, Hanna, Leo und Henri, die anderen aus unserer Clique, sind dafür zu Hause und treffen sich jeden Tag im Freibad oder auf der Skaterbahn oder im Wald, oder irgendwo, wo es schön und cool und lustig ist. Vor allem aber sind sie zusammen und haben Spaß. Und ich? Nicht. Hätte ich nicht einfach auch zu Hause bleiben können? Immerhin bin ich vierzehn und kann sehr gut auf mich selber aufpassen! Leider sind meine Eltern da anderer Meinung. Sie finden, ich sei noch zu jung, zu klein und ... Diskussion zwecklos, Suki muss natürlich mit. Und Suki bin ich. Suki Wassermann, um genau zu sein. Vierzehn Jahre alt. Braune, wuschelige Haare, grüne Augen. Ungefähr einen Meter sechzig groß. Ziemlich schlank. Versetzt in die achte Klasse. Mitglied der Schwimmstaffel. Nein, hat mit dem Nachnamen nichts zu tun, das ist purer, aber passender Zufall. Noch was? Ach ja, unfreiwillig im Urlaub.

Suki ist übrigens die Abkürzung von Susanna, aber so nennt mich niemand. Noch nicht einmal die Lehrer.

Ja, ich weiß, es hört sich nicht so an, aber ich bin wirklich meistens fröhlich und nicht so mies drauf wie gerade. Aber das ist ja auch kein Wunder, wenn man in einen Urlaub muss, der einfach nicht gut werden kann, oder? Wie auch?

Mit meinen Eltern verstehe ich mich eigentlich auch gut, selbst wenn sie sich jetzt nicht gerade im besten Licht präsentiert haben. Aber normalerweise sind sie die coolsten, gechilltesten und nettesten Eltern der Welt. So nett und gechillt, dass sie mich zu Hause gelassen hätten, sind sie dann allerdings leider auch wieder nicht.

Und dann auch noch drei Wochen! Oh Mann. Wir bleiben drei ganze Wochen, weil die Fahrt so lang ist und es sich dann auch richtig lohnen soll. Daher kommen wir erst am allerletzten Tag der Sommerferien zurück. Na toll. *Das* lohnt sich wirklich. Wenn meine Eltern mir die Sommerferien schon vermiesen wollen, dann sind sie jedenfalls damit sehr gründlich. Hab ich behauptet, sie wären nett und cool? Pfff.

Für diesen Urlaub gibt es vermutlich leider keine Abkürzung. Und auch keine für die Fahrt. Acht lange Stunden Oberschenkel an Oberschenkel und Ohr an Ohr mit Cora und Emily sind auch nicht gerade ein Gute-Laune-Booster.

Gut, dass wir jetzt erst mal ausgestiegen sind. Immerhin steht uns noch eine Nacht gemeinsam in einer Kabine auf der Fähre bevor. Abgesehen von den zweieinhalb Stunden auf Sardinien bis zu unserem Ferienhaus. Wir kommen nie an. Nie!

Aaaah! Nicht aufregen Suki. Nicht aufregen.

»Das merkst du gar nicht, Suki, und schwupps sind wir schon in Olbia am Hafen«, sagt meine Mutter.

»Dann nur noch zweieinhalb Stunden! Das ist doch gar nichts! Wir frühstücken morgen noch gemütlich an Deck, gehen in Olbia von der Fähre und fahren die Küste entlang Richtung Arbatax. Da hat man einen tollen Blick aufs Meer und die roten Felsen, und schon sind wir da. Das wird dir gefallen, Suki. Glaub mir«, sagt mein Vater.

Ich glaube gar nichts. Dass ich nicht lache: Wird mir gefallen. Tsss. Wenn dieser Urlaub nur schon vorbei wäre. Da freut man sich ja fast wieder auf die Schule! Und das will wohl wirklich was heißen … Nein, ich will nicht auf Felsen gucken, während ich immer weiter im Auto sitze, mich nach Hause sehne und langsam aber sicher anfange, aus den Ohren zu bluten, weil Cora und Emily so einen Mist reden. Und was mir gefällt, entscheide immer noch ich.

Jetzt stehen wir alle auf dem Oberdeck und schauen zu, wie der Hafen von Genua langsam immer kleiner wird. Es ist halb zehn Uhr abends. In den Gebäuden gehen die Lichter an und über uns fangen die ersten Sterne an zu funkeln.

Es sieht schön aus. Trotzdem: Wenn Paula doch nur hier wäre. Oder wenn doch nur die drei Wochen schon vorbei wären.

Gleich fange ich vor lauter Selbstmitleid auch noch an zu weinen. Das hätte mir ja gerade noch gefehlt. Ich will nicht traurig sein, sondern wütend. Das ist irgendwie einfacher.

Da spottet wenigstens niemand über *die kleine Heulsuse.* Ich gebe zu, ich bin nah am Wasser gebaut, wie man so schön sagt. Mir kommen sofort die Tränen. Im Kino, bei Büchern, wenn jemand anderes traurig ist, oder auch, wenn irgendetwas besonders schön ist. Eigentlich bin ich stolz darauf, so mitfühlen zu können, aber uneigentlich ist es leider nicht besonders praktisch. Vor allem, wenn man gerne als cool und groß und erwachsen wahrgenommen werden möchte. Na, egal. Papa sagt, dass ich eben wegen dieser Wasser-Geschichte so gut schwimmen kann. Nett. Ich glaube ja, das sagt er vor allem, weil es bei ihm auch so ist. Das Schwimmen genauso wie das Mitfühlen. »Suki, jetzt schau doch nicht so!« Meine Mutter streicht mir über die Wange und schaut mich dabei liebevoll an. »Komm schon. Wir machen es uns richtig schön.« Anscheinend hat sie bemerkt, dass ich nicht allzu glücklich bin. Aber ändern kann sie es schließlich auch nicht. Und ich kann nicht verhindern, dass doch eine Träne über meine Wange kullert. Sie zieht mich in ihren Arm, und obwohl ich mir vorgenommen hatte, sauer zu sein und es auch zu bleiben, tut es einfach gut, wenn man getröstet wird, ohne viel erklären zu müssen.

Ich seufze. Was soll ich auch sagen? Die acht Stunden, die ich zwischen Cora und Emily gesessen und mir ihr Gequatsche angehört habe, haben dafür gesorgt, dass ich akut allergisch gegen Worte bin. Aber das macht nichts, denn Mama sagt auch nichts mehr. Sie hat nur ihre Arme um mich geschlungen und ihren Kopf auf meinen gelegt, während wir uns gemeinsam die vielen funkelnden Lichter und den lilablauen Himmel anschauen. Es riecht nach Meer, Sonne und nach Ferien. Eigentlich ein guter Geruch, und wenn ich nicht beschlossen hätte, alles blöd zu finden, würde mir diese Reise vermutlich in dieser Sekunde doch ein bisschen gefallen. Ich lehne mich an Mama und irgendwo in mir drinnen funkelt es auch ein klitzekleines bisschen froh. Aber das muss ja niemand wissen.

NOCH MEHR SCHLECHTE LAUNE. ABER ES WIRD BESSER, VERSPROCHEN.

Heiß. Wie kann es nur morgens schon so heiß sein? Wenn ich nur ein Wort zur Verfügung hätte, um meinen ersten Eindruck von Sardinien zu beschreiben, würde ich mich für »heiß« entscheiden. Der Asphalt flimmert, als wir mit unserem Auto auf dem Steg zum Hafenausgang fahren. Hinter der Absperrung liegt Olbia und flimmert auch. Über der Stadt und über den flachen Hügeln und ansteigenden Bergen dahinter hängt ein beigefarbener Dunst. Es hupt und dröhnt um uns herum, Möwen kreischen und es riecht nach Fisch. Es ist hell, laut, chaotisch und voll – und das, obwohl Ende August die meisten Urlauber schon wieder weg sind. Ich muss die Augen zusammenkneifen, um überhaupt gucken zu können. Wenn ich könnte, würde ich das Gleiche auch mit den Ohren machen. Ist das laut hier!

Drei weitere schwimmende Hochhäuser liegen im Hafen, als wir um sieben Uhr morgens endlich ankommen. Übrigens, die Nacht war nicht ganz so »schwupps« vorbei, wie Mama es prophezeit hatte, aber das lag vor allem daran, dass es auf diesem Riesenmonsterschiff tausend Shops und

Restaurants, Bars, Decks und sogar einen Pool gibt. Bis man das alles erst mal angeschaut hat! Und die vielen Menschen! Meine Güte. Hoffentlich wollen die nicht alle in denselben Ort wie wir. Zumindest auf die Rentner-Wandergruppen könnte ich verzichten. Nichts gegen die – aber ich hätte einfach auch gerne ein bisschen Gesellschaft jenseits von den Dreiviertel-Wanderhosen-und-Sportsandalen-mit-Socken-Trägern. Durchschnittsalter fünfzehn wäre perfekt. Kann man das irgendwo bestellen? Ich hätte es vielleicht gestern mit einer der vielen Sternschnuppen versuchen sollen, die wir beobachtet haben. Aber da fiel mir nichts ein, außer dem Wunsch, dass die Zeit schneller vergeht. Oder noch besser, in meinem eigenen Bett aufzuwachen und festzustellen, dass diese ganze Urlaubsgeschichte bloß ein wirklich ätzender Traum war. Bin ich aber nicht. War wohl der falsche Wunsch.

Ehrlich gesagt graut mir vor allem davor, was Mama und Papa über unser Ferienhaus gesagt haben. Das, was sie so toll daran finden, hört sich für mich vor allem nach zwei herausragenden Merkmalen an: einsam und langweilig.

Das Plus: Es liegt direkt am Strand. Und ich habe ein eigenes Zimmer. Aber da ist weit und breit niemand (dickes Minus! Und genau das, was Mama und Papa wollen.), einsame Buchten drum herum (beides: Minus und Plus. Ich fände die Vorstellung von einer einsamen Bucht schon auch toll, wenn Paula und die anderen dabei wären. Sind sie aber nicht. Und dann ist die einsame Bucht vor allem eins: einsam!) und ganz nah zu schönen Wandermöglichkeiten (Minus! Minus! Minus!).

Wir sind alle müde und verzichten deshalb auf die Fahrt an der Küste entlang. Selbst Papa ist bereit, den direkten Weg über das Landesinnere zu nehmen. Das erste Mal auf dieser Reise sind wir uns einig: Wir wollen endlich ankommen. Baden. Im Meer. Und so beschließen wir, die Schnellstraße durchs Hinterland zu nehmen. Ein bisschen Gegurke an der Küste steht uns so oder so bevor, da wird Papa seinen Blick auf die Küste und die Felsen schon noch bekommen. Hoffentlich wird mir nicht schlecht. Obwohl, wenn, dann geschieht es Cora und Emily gerade recht. Vielleicht sind sie dann mal eine Weile still. Das wäre ein prima Nebeneffekt, denn das Einzige, was wohl immer geht (Müdigkeit hin oder her) ist Quatschen. So auch jetzt: »Emily, schau schnell! Hast du den süßen Typen gesehen, der die Autos durch die Schranken dirigiert?« Entzücktes Coragesicht. »Der ist ja total süüüß!« Ebenfalls entzücktes Emilygesicht.

»Und der eine da gestern an der Bar, wie der gelächelt hat. Die Zähne! Und die Grübchen!«

»Ich glaube, der war auch mit seinen Eltern unterwegs. Wer weiß, vielleicht sind die ja in unserer Nähe? Das wäre sooo coool!«

Das alles findet in einer Tonlage statt, für die eine Sopransängerin viele Semester studieren muss. Ich warte nur darauf, dass die Fensterscheiben unseres Autos splittern, so hoch schrauben sich Coras und Emilys Stimmen. Finster schaue ich von einer zur anderen.

»Was? Was ist?«, fragt mich Cora genervt.

»Du hast doch keine Ahnung, du Baby!«, ergänzt Emily, und schon säuseln sie weiter: »Ja, oder die Clique mit den vielen Jungs gestern am Oberdeck! Das wäre doch genial!« Einhelliges entzücktes Seufzen und Schauen und anschließendes Kichern. Ich glaube, mir ist auch ohne Kurven schlecht.

Cora setzt noch einen drauf: »Mama, wollen wir nicht vielleicht noch einen Kaffee trinken, da vorne in der Bar? Siehst du, bei dem total süßen …«

Ich mache ein Würgegeräusch. Wenn ich noch einmal »süß« hören muss, sterbe ich bestimmt an akuter mentaler Überzuckerung. Cora weiß natürlich, dass man Mama mit Kaffee so ungefähr überall hinlocken kann. Beispielsweise zu Cafés mit braungebrannten und gelockten jungen Männern mit Küchenhandtüchern im Hosenbund und Zahnpastalächeln.

»Ach ja, Stephan, was meinst Du? Einen kleinen Cappuccino bevor es weitergeht?«, sagt sie jetzt zu meinem Vater.

Wir stecken immer noch im allgemeinen Hafengewusel fest. Glücklicherweise ist Papa weder an süßen Jungs noch an Cappuccino interessiert und sowieso meistens auf meiner Seite. Auch jetzt ist zum Glück auf ihn Verlass: »Mädels, Rita, kein Kaffee bitte. Und auch keine Jungs. Einfach nur Ankommen, okay?« Er zwinkert mir im Rückspiegel zu. »In unserem Häuschen gibt es bestimmt eine prima Kaffeemaschine. Und wer weiß, ob wir es überhaupt gleich finden. Jungs scheint es hier jedenfalls genug zu geben.« Er grinst wieder in den Spiegel. Mama stößt ihn in die Seite. »Stephan!«, sagt sie und grinst ebenfalls.

»Was denn? Was denn? Ich hab nichts gesagt! Nein, wir fahren lieber.«

Puh, Glück gehabt. Es wird schon noch genug Kaffee für Mama und genügend Jungs zum Anschmachten für Cora und Emily geben. Ich für meinen Teil brauche jetzt ganz dringend nasse Füße. Und ich bin dankbar, dass es Papa offenbar ähnlich geht.

Während wir über die Schnellstraße fahren, sausen links und rechts Millionen Hügel mit lauter bräunlich grünen Büschen vorbei. Es riecht nach Hitze und Staub und dazwischen weht immer wieder ein Geruch ins Auto, der mich ein bisschen ans Schwimmtraining erinnert. Nach dem Training dürfen wir nämlich immer noch kurz in die Sauna und der Bademeister liebt Pinienaufguss. Das sei entspannend, behauptet er. Na, ich hoffe, das gilt auch für meine Laune.

»Sonne auf Pinienharz«, sagt Mama auch prompt verträumt, »und die aromatische Macchia.« So heißen die vielen undurchdringlichen Büsche, die hier die Hügel überziehen. Das hat sie im Reiseführer gelesen. Ich finde, »Gestrüpp« hätte auch prima gepasst, aber das hört sich natürlich nicht nach Wohlgeruch und Urlaub an. Mama ist total begeistert. »Im Frühling würde ich Sardinien gerne mal sehen«, sagt sie und fächelt sich Luft zu, »da blüht hier angeblich alles. Alle Hügel sind üppig grün und bunt, hab ich gelesen.«

Papa lächelt sie an. Cora verdreht die Augen, als er Mamas Hand drückt und sagt: »Irgendwann fahren wir mal im Frühling hierher. Du und ich. Nur wir beide. Und nur zum Wandern.«

Ich mag das. Aber wenn es nach Cora geht, dürfen sich Mama und Papa nicht anlächeln. Oder anfassen. Aber das Allerschlimmste, was sie Cora antun können, ist, sich zu küssen. Dabei ist das doch eigentlich schön, oder? Ich meine, wenn ich daran denke, wie viele Eltern meiner Freunde geschieden sind … Außer Paulas sind meine Eltern die einzigen, die noch zusammen sind. Ach was soll's, wahrscheinlich ist Cora nur neidisch, weil sie keiner küssen will. Ätsch.

»Papaaaaa! Auf die Straße schauen!«, motzt Cora auch prompt.

Papa grinst und Mama drückt liebevoll seine Hand, bevor er sie wieder ans Lenkrad legt und geradeaus schaut.

Ein Stück müssen wir noch auf der Landstraße fahren, bis wir endlich das kleine Fischerdorf erreichen, in dem wir angeblich den Schlüssel für »unser« Häuschen bekommen. Ich schreibe »angeblich«, denn als wir auf dem Dorfplatz ankommen, ist alles wie ausgestorben. Außer unserem stehen noch vier verstaubte Autos unter einem Baum neben ein paar uralten Mofas. Sie sehen nicht so aus, als hätte sie irgendjemand in den letzten zweihundert Jahren gefahren.

Die Hitze steht und alle Rollläden sind geschlossen. An fast jedem Haus befinden sich ausgeblichene Markisen. Eingerollt natürlich. Die Sonne knallt auf den Bürgersteig vor den Häusern. Kein Vogel weit und breit. Kein Windhauch. Keine Katze und kein Hund und schon gar keine freundlichen Menschen, die uns womöglich den Schlüssel geben oder eine eiskalte Limo anbieten könnten. Hinter den Häuserreihen höre ich es leise rauschen – bestimmt geht es da hinunter zum Meer. Abgesehen davon ist es absolut still. Noch nicht mal Emily kichert. Es ist elf Uhr am Vormittag und die Welt ist stehen geblieben, glaube ich.

Wir schauen uns ratlos um. Eines dieser Häuser soll ein Restaurant sein. Das zumindest schrieb die Frau, die Papa das Häuschen vermietet hat. Sie schrieb auch, dass das Restaurant ihren Eltern gehöre und dass es »ganz einfach« sein würde, den Schlüssel hier abzuholen. Dummerweise sieht keines der Häuser so aus, als würde jemand darin wohnen, geschweige denn kochen.

Emily, Cora und Mama lassen sich neben unserem Auto auf dem Bürgersteig nieder und Papa und ich gehen zum einzigen Haus, vor dessen Eingang ein Vorhang aus bunten Schnüren hängt. Papa klopft an die Glastür, die sich dahinter verbirgt. Nichts.

Nochmal.

Nochmal nichts.

Er schaut mich an und zuckt mit den Schultern. Was machen wir jetzt? Rechts vom Haus führt eine schmaler schattiger Weg den Hügel hinauf. Schatten! Endlich! Während Papa nach links in Richtung Auto geht, entscheide ich mich für die verheißungsvolle Gasse.

Meine Augen brauchen eine Millisekunde, um sich vom gleißenden Licht an den dunklen Weg zu gewöhnen. Beinahe trete ich einem großen, braunen Hund auf die Pfoten, der so dicht an der kühlen Hauswand liegt, dass ich ihn fast nicht gesehen hätte. Der Hund schaut nur einmal kurz zu mir auf und lässt dann seinen Kopf mit einem Schnauben wieder auf seine Pfoten sinken, so als wolle er sagen: »Ach. Du bist es? Mir doch egal. Eh viel zu heiß für irgendwas.« Ich kann ihn verstehen. Geht mir ja irgendwie ähnlich.

»Papa! Komm mal!«, rufe ich, nachdem ich kurz in die Hocke gegangen bin, um den braunen Hund hinter den Ohren zu kraulen. Am liebsten hätte ich mich neben ihn gelegt. Die Wand ist wirklich angenehm kühl, ich habe viel zu wenig geschlafen und ich glaube, der Boden ist magnetisch.

Das Haus ist nicht besonders groß, aber die Mauer führt noch ungefähr zehn Metern weiter, bis sie an das nächste Haus stößt. Ein riesiger Kastanienbaum streckt seine Äste mit den großen, grünen Blättern über die Mauer. Es scheint also ein Garten hinter der Mauer zu liegen, vielleicht sogar noch mehr Schatten. Und mit viel Glück sogar was zu trinken. Ein paar Schritte weiter entdecke ich einen Durchgang, der von zwei Olivenbäumen in riesigen Terracotta-Töpfen gesäumt wird. Darüber steht auf einem Holzbrett: »Trattoria da Antonio«. »Ich habe es gefunden!«, rufe ich Papa zu und gehe schon mal voraus. Ob man einfach so durch fremde Torbögen in fremde Gärten gehen darf? frage ich mich gerade, doch in dem Moment muss ich ausweichen und bleibe mit dem Ellenbogen an der Hauswand hängen. Autsch! Wo kam denn der Typ her? Erstaunt schauen wir uns an. Er hält eine Metallschüssel mit Wasser in den Händen. Eine Metallschüssel mit sehr wenig Wasser, um genau zu sein. Das meiste davon hat sich nämlich großzügig über mein weißes T-Shirt verteilt. Peinlich! Schnell halte ich mir die Hände vor die Brust, damit er nicht sehen kann, was ich darunter trage (nämlich einen Mini-BH in XXS).

Ich schätze ihn auf ungefähr fünfzehn. Er trägt Flip-Flops, Shorts und ein ausgewaschenes T-Shirt und er hat braune Locken. Außerdem lacht er laut und ansteckend. Aus Versehen lache ich auch und das, obwohl ich ja eigentlich schlechte Laune habe. Aber das hier ist ja wohl Slapstick pur. Würde sich vermutlich gut auf YouTube machen, bei den Pannenvideos. Und das Shirt wird bei der Hitze sicher in Nullkommanix wieder trocknen.

Als er sich einigermaßen wieder eingekriegt hat, grinst er mich an und sagt: »Ciao!« Mann, hat der weiße Zähne! Und so braune Augen! Warm und hellbraungolden, wie Honig. Aber so was interessiert mich natürlich eigentlich überhaupt nicht. »Signora Della Rocca?«, höre ich Papa fragen, während er ebenfalls durch den Torbogen tritt. Er wischt sich über die Stirn. »Oh«, sagt er, als den Jungen entdeckt. »Eher nicht, was?«

Der Junge zieht eine Augenbraue nach oben und grinst. »Ciao«, sagt er nun auch zu Papa und grinst noch mehr. Das scheint sein komplettes Repertoire an Begrüßungsfloskeln zu sein, denn jetzt er dreht sich ohne ein weiteres Wort um und geht zurück in den Garten.

Weil dies hier vermutlich die einzige Möglichkeit ist, auf Menschen zu treffen, die uns weiterhelfen können, und weil wir nicht wissen, was wir sonst tun sollen, laufen wir ihm einfach mal hinterher.

Der Innenhof wird rundherum von einer Mauer eingeschlossen. Hier drinnen ist es schattig und zum Glück tatsächlich noch kühler als auf der Gasse. An den Wänden reihen sich Kübel mit blühenden Sommerblumen und auf der großen Natursteinterrasse steht ein langer Holztisch. Hier haben mindestens zwanzig Leute Platz. Durch die offene Terrassentür kann ich einen großen gemauerten Pizzaofen erkennen. Das spricht tatsächlich für ein Restaurant. Mit montags (sprich heute) Ruhetag.

Auf einem Liegestuhl liegt eine dicke, alte Frau, hat die Hände über ihrem mächtigen Busen gefaltet und schnarcht laut – so laut, dass fast die Blätter am Kastanienbaum wackeln. Ich bin beeindruckt. An einem kleinen roten Metalltisch sitzt ein dünner alter Mann und liest Zeitung.

»Nonno.« Der Junge legt dem alten Mann die Hand auf die Schulter und sagt irgendetwas auf Italienisch. Oder muss es Sardisch heißen? Gibt es da einen Unterschied? Nicht, dass ich das bemerken würde. Ich verstehe schließlich weder das eine noch das andere.

Nonno nickt jedenfalls und schaut uns eine kurze Weile an, bevor er sich wieder seiner Zeitung zuwendet. Aha. Vermutlich hat er sich das von dem Hund abgeguckt. Oder andersherum.

Papa tritt unruhig von einem Fuß auf den anderen. Wahrscheinlich denkt er an Mama und die Mädels und daran, dass sie dort draußen in der Hitze vor sich hin schmoren.

Selber schuld, finde ich. Sie hätten ja mitkommen können.

Papa hat übrigens extra für diese Reise ein paar Brocken Italienisch gelernt und damit mächtig angegeben. Um genau zu sein, hat er die letzten Tage vor unserem Urlaub nur noch Italienisch gesprochen. Oder was auch immer er dafür hielt. Ich stoße ihn in die Seite.

»Papa!«

»Ja, was denn?«

»Sag doch auch mal was!«

»Warte.« Papa überlegt. Das sieht man daran, dass er sich mit dem Zeigefinger über die Nasenspitze fährt, alte Wassermann-Angewohnheit. Das macht er immer so, wenn er nachdenkt. Aber er sagt nichts.

Da von Nonno auch nichts mehr kommt, probiert der Junge sein Glück bei der alten Frau und rüttelt sie sanft an der Schulter. »Nonna«, sagt er leise. Mit einem mächtigen letzten Schnarcher wird sie wach. Sie reibt sich die Augen und gähnt herzhaft. Sie streckt sich ausgiebig, bevor sie sich aufsetzt. Und dann schaut sie uns sehr erstaunt an. Mein Vater hat derweil noch immer nichts von seinem grandiosen Italienisch verbraucht. Stattdessen stehen wir alle stumm da, während ich den braungelockten Typen anschaue, er mich anschaut, der Opa seine Zeitung anschaut und die Oma uns anschaut. Und zwar so, als kämen wir vom Mars.

Aber plötzlich kommt Leben in die alte Dame. Anscheinend hat sie eins und eins zusammengezählt. Oder auf Italienisch uno und uno. Soviel weiß ja sogar ich. »Paolo! Vieni qui!«, ruft sie und der Junge eilt herbei, um ihr beim Aufstehen zu helfen. Ja, das passt: Ich finde, er sieht wirklich aus wie ein Paolo und außerdem ist es bestimmt ein Zeichen, dass er fast genauso heißt wie meine beste Freundin Paula! Ich mag ihn irgendwie schon jetzt. Und das würde ich auch, wenn er nicht so ein umwerfendes Zahnpastalächeln und braune Locken und Honigaugen hätte. Ganz bestimmt.

»Signora Della Rocca?«, probiert Papa es noch einmal.

»Si, si, si!«, sagt die alte Dame und hievt sich hoch, während sich ein unglaubliches Strahlen auf ihrem Gesicht ausbreitet. Sie lächelt nämlich nicht nur mit dem Mund, sondern mit dem ganzen Gesicht, und dabei verschwinden ihre Augen komplett in den ganzen Lachfalten. So was habe ich noch nie gesehen. Unwillkürlich muss ich auch lächeln. Dies hier scheint eine professionelle Schlechte-Laune-Vernichter-Familie zu sein. Signora Della Rocca ruft laut: »Familia

Wassermann! Endelich!« Und breitet ihre Arme aus, als hätte sie uns schon sehnsüchtig erwartet und als wären wir Teil ihrer wahrscheinlich sehr großen Familie, die sie seit Ewigkeiten nicht gesehen hat.

Ich verstehe nichts von dem, was sie da in einem rasenden Tempo von sich gibt, und auch Papa sieht nicht so aus, als würde er folgen können, aber das macht ihr anscheinend überhaupt nichts aus. Hier sind wir jedenfalls richtig, so viel ist klar.

»Un espresso? Aqua minerale? Haben wir sonste immer mittags auf, nur heute Montag, iste zu!« Sie schaut lächelnd von mir zu Papa und wieder zurück. »Aber Espresso geht immer.« Sie klopft Papa auf die Schulter, als hätte er irgendeine Meisterleistung vollbracht. Vermutlich hat er das auch. Immerhin sind wir hier angekommen, und innerhalb der nächsten zehn Minuten hat er außerdem alle Informationen zu unserem Haus und sogar dem Schlüssel bekommen – und das alles, ohne ein einziges Wort zu sprechen. Weder auf Deutsch noch auf Italienisch. Dafür hat die alte Dame ohne Punkt und Komma geredet. Das ist wirklich nicht schlecht.

Ich spüre, wie Paolo mich von oben bis unten betrachtet. Mein T-Shirt ist zwar wieder trocken, aber die Shorts, die ich trage, haben auch schon bessere Zeiten erlebt. Er schaut einfach nur neugierig und sagt dabei kein Wort. Was soll er auch sagen? Schließlich spreche ich kein Italienisch und er kein Deutsch. Schade, wenn man bedenkt, dass er der Einzige ist, der rein alterstechnisch vielleicht mein Freund hier hätte werden können.

»Vielen Dank, Signora Della Rocca, aber meine Frau wartet im Auto und die Mädchen … wir packen erst einmal aus und kommen ein anderes Mal wieder, wenn das Restaurant offen hat.«

»Signora Della Rocca!«, lacht Signora Della Rocca und schüttelt den Kopf. Sie winkt ab. »O dio! Iche bin Nonna und nennst du mich so! Morgen iste die Trattoria wieder auf. Gibt Spaghetti mit Ragout und Pizza für die bella Signorina. Und müssen sie morgen kommen! Viel Essen, Cannonau trinken und danach eine Mirto. Ist so schön, Gäste zu haben! Oder, Antonio?« Und weil ihr Mann nicht reagiert, ruft sie gleich noch mal lauter: »Antonio?!«

Antonio lässt die Zeitung sinken. »Si! Che cosa?« Erschrocken schaut er von einem zum anderen. Nonna und Paolo lachen. »Haben wir gerne Gäste, oder Nonno?«, meint Nonna lächelnd.

Antonio, »Nonno«, nickt ergeben und grinst uns an, während Nonna in die Hände klatscht und strahlt. Eine echte italienische Naturgewalt. Ich nehme nicht an, dass es möglich ist, sich ihr zu widersetzen. Schon gar nicht, wenn sie einen mit Essen oder ihrer überwältigenden Gastfreundschaft beglücken will. Wenn sie sagt, wir essen morgen hier, dann essen wir morgen hier. Basta. Und wenn ich eine italienische Großmutter beschreiben müsste, ich würde mich genau an Nonna halten.

Nach einer überschwänglichen Umarmung und noch ein paar »Iche liebe Gäste!«-Rufen treten wir beinahe erschlagen von so viel Zuneigung den Rückweg an.

»Top Italienisch!«, sage ich zu Papa und stoße ihn grinsend an, als wir mit dem Schlüssel und der Wegbeschreibung zum Häuschen wieder auf die Gasse treten. »Hast ja geredet wie ein Wasserfall, was?« Ich zeige ihm meine beiden hochgereckten Daumen.

»Tja, ich bin eben ein Naturtalent«, sagt er und lacht dabei fast noch mehr über sich selbst als ich.

… UND IMMER BESSER

»Na?«, fragt Cora, als wir wieder am Auto sind. »Irgendjemand Interessantes getroffen?« Damit meint sie natürlich jemand in ihrem Alter, der süüüüß ist, selbstverständlich männlich, der braune Locken hat und Grübchen und eine Vespa und …

»Ja«, sage ich und denke dabei an den schönen, braunen Hund und die Grübchen in Paolos Wangen, als er zum zweiten Mal »Ciao« gesagt hat, zum Abschied. Vielleicht wird der Urlaub doch nicht so blöd wie ich dachte. Aber noch will ich mich diesbezüglich nicht festlegen. Das Italienischbuch von Papa werde ich mir auf jeden Fall mal genauer anschauen. Vielleicht stehen ja so einfach Sätze drin wie:

Wo ist hier der beste Strand?

Kannst du ihn mir zeigen?

Was machst du sonst so?

Wollen wir was zusammen machen? und

Warum habt ihr eigentlich alle so tolle Zähne?

Äh, was? Den letzten Satz natürlich nicht unbedingt.

Und wenn ich es mir so recht überlege, bevor ich nicht im Wasser war, auch keinen anderen. Als Allererstes will ich jetzt schwimmen. Und mein Herz schlägt im Takt: Ins

Meer. Ins Meer. Ins Meer. Paolo. Ins Meer. Ins Meer. Ins Meer. Paolo.

Oha. Ich habe ganz vergessen, schlechte Laune zu haben.

Wir fahren ein paar hundert Meter aus dem Dorf hinaus nach oben, auf die Landstraße zurück und nach ein paar Metern wieder nach unten zu einem Parkplatz, der in einem Pinienwäldchen liegt. Von dort aus müssen wir ein paar Minuten einen Trampelpfad zum Haus gehen. Wie gut, dass ich so wenig Gepäck habe. Cora und Emily dabei zu beobachten, wie sie mit ihren Rollköfferchen und Handtäschchen mit ihren schicken Sandalen durch die Macchia stolpern, ist dagegen echt zu lustig. Ob ich schadenfroh bin? Normalerweise nicht. Aber nach den tausend Stunden im Auto und ihren blöden Sprüchen haben sie ein bisschen Schmach auch verdient.

Beide regen sich total auf: »Oh Mann! Meine Schuhe!«

»Mein blöder Koffer rollt hier gar nicht!«

»Ich kann das nicht! Papa, kannst du mir …«

»Aaaaah! Emily, pass doch auf, du bist mir voll in die Hacken …«

»Ja, ’tschuldigung, kann ich doch nichts dafür. Ich sehe den Weg doch gar nicht …«

Hihi.

Ich überhole die beiden mit meiner Sporttasche über der Schulter. Als ich am Haus angekommen bin, höre ich sie immer noch. Das Haus ist wirklich sehr hübsch. So richtig postkartenhübsch sogar. Es ist im typisch sardischen Stil mit viel Naturstein und einem kleinen Mäuerchen davor gebaut. Die großen Fensterläden vor dem Eingang sind aus Holz und das Dach ist mit roten Schindeln gedeckt.

Davor stehen zwei Feigenbäume und ein Olivenbaum. Aber das Beste: Ein kleiner Weg führt direkt vom Eingang zu einer Felsenbucht und zum Meer, das sich nur ein paar Meter weiter glitzernd vor uns ausbreitet und mich mit seinem Rauschen lockt.

Das Auspacken geht total schnell und in dem kleinen Einbaukleiderschrank in meinem Zimmer (Gott sei Dank! Ich habe wirklich ein eigenes!) stapeln sich jetzt meine Shorts, Tops, zwei Kleider, Unterhosen und T-Shirts. Sandalen, Flip-Flops und Chucks stehen davor und das Buch, das ich lesen soll, liegt auf dem Nachttisch. Fertig, oder?

Keine Ahnung, warum immer alles so lange dauern muss. Nachdem Cora und Emily endlich den Weg bis ins Haus geschafft haben, sortieren sie eine halbe Ewigkeit ihre Outfits, damit sie auch immer schön passend gekleidet an den Strand oder ins Restaurant gehen können. Da werden auch schon mal die Nägel umlackiert, wenn die nicht zur BH-Farbe passen. Unfassbar.

Mama steht in der Küche und probiert derweil die Kaffeemaschine aus. Falsch. Sie behauptet, dass sie die Küchensachen einräumen will und Papa packt die Koffer aus. Bis die alle fertig sind, ist es wahrscheinlich schon wieder voll spät und wir gehen essen.

»Mama?«

»Ja?«

»Kann ich schon mal an den Strand gehen?«

»Alleine?«

»Na klar, alleine. Hier ist ja sonst niemand fertig, oder?«

»Frag Papa.« Prima. Frag ich eben Papa.

»Papa?«

»Ja?«

»Kann ich schon mal schwimmen gehen?«

»Hier?« Äh, nein, am Nordpol natürlich.

»Jaaaa? Wo sonst?«

»Da sind doch nur Felsen, oder? Und kein Strand, das ist doch total gef…«

»Papa?«

»Ja?«

»Sag doch einfach, wenn du lieber mitkommen willst.«

Er muss lachen und ich gehe los, um meinen Badeanzug zu holen.

Habe ich eigentlich schon erwähnt, dass ich im Schwimmteam meiner Schule bin? Nur der Vollständigkeit halber: Ich bin im Schwimmteam meiner Schule und ziemlich gut in der Staffel. Nicht, dass ich angeben will: Immerhin sind wir da zu sechst, und es kommt auf jeden Einzelnen an, ich weiß. Aber Papa sagt oft genug, er wartet nur darauf, dass mir Schwimmhäute zwischen den Fingern wachsen, weil ich ständig im Wasser bin. Das wäre zwar superpraktisch, aber ehrlich gesagt wäre es mir lieber, es würde was anderes wachsen! Cora hatte nämlich mit dreizehn schon längst einen richtigen Busen. Sie hat zwar gesagt, dass er bei mir bestimmt auch bald wächst, aber so langsam glaube ich nicht mehr dran. Und wenn da nichts ist, woran soll sich dann bitteschön ein Bikini festhalten?

Eben! Dabei hat Mama versucht, mir den Sardinien-Urlaub mit einem neuen Bikini schmackhaft zu machen. Netter Versuch. Aber – siehe oben. Es bleibt mir also nichts anderes übrig, als in meinem roten Trainingsbadeanzug an den Strand zu gehen. Aber egal. Hauptsache, endlich ins Wasser.

NACKT? NACKT. LEIDER.

Mama und Papa sind total aus dem Häuschen. Am liebsten wortwörtlich. Sie haben das Haus nämlich so ausgesucht, dass man direkt von dort loswandern kann. Meine Eltern sind wirklich die totalen Wanderfans. Cora sagt zwar »Wanderfreaks«, aber ich finde, das hört sich nicht besonders nett an. Und sooo schlimm ist Wandern ja auch wieder nicht. Wenn man nicht mit muss. Ich »darf«, wenn ich will. Aber Berge sind nicht wirklich mein Element. Ich gehöre eben ins Wasser, und wenn man das Meer vor der Nase hat, wird man doch wohl nicht im Ernst von mir verlangen, dass ich auf BERGE steige, um dann von ganz weit weg aufs WASSER zu schauen und mich dahin zu sehnen? Nein. Würde man nicht. Zudem hat Cora versprochen, auf mich aufzupassen. Aber erst, wenn sie ausgeschlafen hat. Und wenn ich nicht an ihr klebe »wie eine Klette«. Als ob.

Als ich frühstücke, sind Mama und Papa also längst unterwegs und Cora und Emily halten noch ihren »Schönheitsschlaf«. Als die beiden gestern erzählt haben, dass sie nicht gedenken, vor elf Uhr aufzustehen, habe ich zu ihnen gesagt, dass sie ihren Schönheitsschlaf offensichtlich sehr nötig hätten – uh, da hat Cora ihr Buch nach mir geworfen!

Wenn's um Schönheit geht, versteht sie keinen Spaß. Komisch, es ist noch gar nicht so lange her, da haben wir beide über so was gelacht. Und es fehlt mir. Ach, die komplette alte Cora fehlt mir, ehrlich. Früher war sie echt witzig. Und wir haben immer zusammengehalten. Ich hatte ja gehofft, dass wir es vielleicht diesen Urlaub wieder so schön haben könnten, aber jetzt, da Emily dabei ist, will Cora nichts mit mir zu tun haben. Schade. Ich höre von den beiden nur ständig, wie kindisch ich bin und dass ich keine Ahnung habe. Da hilft es auch gar nichts, dass Papa sagt, dass das schon vorbei geht. Irgendwann. Er wisse zwar auch nicht, wann, aber er hoffe stark, bald. So geht's mir auch. Manchmal frage ich mich, ob die alte Cora da noch irgendwo in ihr drin ist und ob sie mich wenigstens auch manchmal vermisst. Wenn man in der Pubertät so bescheuert wird, dann will ich da auf alle Fälle nicht hin. Busen hin oder her.

Also, wo war ich? Ah ja, beim Frühstück. Auf der Anrichte steht ein kleiner Ständer mit Postkarten von der Küste, die man für ein paar Cent kaufen kann. Die Karten. Nicht die Küste. Auf jeder ist genau dasselbe Motiv abgebildet: türkisfarbenes Meer, weißer Sand und dahinter Felsen. Und noch mal Meer und noch mal Sand und noch mal Felsen. Es sind so viele identische Karten, ich könnte Paula jeden Tag eine schicken, und das mache ich auch. Ich habe es mir zumindest fest vorgenommen. Vielleicht fühlt es sich dann ein bisschen so an, als wäre sie hier und ich könnte mit ihr reden. W-LAN gibt's in diesem Haus ja leider nicht. Und es würde auch gar nichts bringen, denn Mama und Papa haben schon bei der Planung beschlossen, dass dies ein »elektronikfreier Urlaub« wird. Will heißen, Computer und Handys bleiben zu Hause, »damit man mal absolut abschalten kann«. Was mich betrifft, bedeutet das soviel wie Kontaktsperre zu all meinen Freunden. Herzlichen Dank. Dafür gibt's ja die Karten. Die sind zwar vermutlich erst nach mir wieder bei Paula in Deutschland, aber was soll's. Bringt ja nichts, sich darüber aufzuregen. Dafür ist es wirklich schön hier. Postkartenschön. Aber eben auch … laaaaaaangweilig! Und bisher macht diese Gegend nicht unbedingt den Eindruck, viele (oder außer uns auch nur überhaupt ein paar) Urlauber anzulocken. Schon gleich gar nicht welche in meinem Alter. Also schnappe ich mir einen Kuli.

Liebe Paula,
hier auf Sardinien ist es so heiß. Der Himmel ist blau. Das Meer auch. Es ist total …

… *langweilig*, wollte ich gerade schreiben. Aber vielleicht sollte ich mir was anderes ausdenken. Ich meine, das mit dem Meer und dem Himmel kann sie ja vorne auf der Karte sehen und dass es langweilig ist, versteht sich von selbst. Schließlich ist sie nicht dabei. Vielleicht sollte ich mir den Strand überhaupt erst mal anschauen, bevor ich was über ihn sagen kann? Gestern waren wir schließlich nur kurz hier auf den Felsen, haben noch das Nötigste im Ort eingekauft und sind dann völlig platt in unsere Betten gefallen. Hmm. Die Karte kann vielleicht auch noch ein bisschen warten. Ich nehme vorsichtshalber den ganzen Stapel mit in mein Zimmer und lehne ihn neben meinem Bett an die Nachttischlampe. Schließlich kann ich auch abends schreiben. Vielleicht gibt es bis dahin ja auch ein bisschen mehr zu erzählen? Die Hoffnung stirbt zuletzt, denke ich und ziehe mir den roten Badeanzug an. Shorts drüber, Flip-Flops. Fertig. Der Sand hier ist glühend heiß. Noch heißer als die Steine. Der Strand, den Nonna uns gestern empfohlen hat, liegt unterhalb des Dorfes und ist der, an den laut Nonna »alle« gehen. Im Moment kann von »alle« nicht die Rede sein. Im Gegenteil: Ich bin komplett alleine.

Zum Glück gibt es hier lauter Felsen, hinter denen es wirklich ein bisschen schattig ist und nicht ganz so heiß. Auf dem höchsten wachsen sogar ein paar Pinien. Das Meer glitzert und funkelt in der Sonne und ist so klar, dass man das Gefühl hat, man könnte auf den Grund schauen.

In meiner Tasche stecken zwei Schinkenbrote, eine Flasche Wasser, mein Buch, eine Sonnenbrille und mein heißgeliebtes, etwas fadenscheiniges, weil uraltes Snoopy-Handtuch. Was sonst braucht man für einen perfekten Tag am Meer? Außer vielleicht ein wenig Gesellschaft?

Mein langweiliger roter Einteiler macht mir ausnahmsweise nichts aus. Denn wie gesagt, es gibt hier überhaupt niemanden, den es interessieren könnte, wie ich aussehe oder was ich anhabe und ob mein Bauch unter dem Badeanzug weiß bleibt (etwas, was sehr für einen Bikini spricht, wie ich finde, aber aus zuvor genannten Gründen nicht gut funktioniert). Ich könnte genauso gut nackt ins Wasser gehen. Ja, das könnte ich. Hmmm. Soll ich?

Das fühlt sich bestimmt noch toller an. Ich meine, ja, es ist irgendwie crazy, aber … Haben Fische etwa Badeanzüge an?

Eben.

Bevor ich zu lange darüber nachdenken kann, habe ich mir schon den Badeanzug ausgezogen und bin zum Wasser gerannt. Ich gebe zu, es fühlt sich ein bisschen seltsam an, nackt zu sein (und ganz besonders, nackt zu rennen), aber auch irgendwie gut. Aufregend. Frei.

Bis ich ein bisschen weiter draußen bin, kraule ich noch so schnell ich kann und halte erst an, als ich komplett außer Puste bin. Den Felsen vor mir umrunde ich noch und dann lasse ich mich eine Weile treiben. Die Strömung hier draußen ist stark und Nonna hat mich gewarnt. Sie sagte, man müsse unbedingt rechts vom Felsen bleiben. Da ist anscheinend ein kleines Riff, weshalb die Strömung dort sanfter ist. Dort kann man entspannt schwimmen und kommt auch wieder ganz gut zurück an den Strand.

Der Felsen heißt Piratenfelsen, weil angeblich ein Piratenschiff dort zerschellt ist. Einen Schatz hat bisher allerdings niemand dort gefunden. Wenn ich mir den Felsen so anschaue, kann ich mir beides kaum vorstellen. Er ragt vielleicht drei Meter aus dem Wasser und man kann ihn bestimmt mit wenigen Schwimmzügen umrunden und obendrauf haben nur ein paar Möwen ihr Nest. Aber ich habe keine Ahnung von Piraten. Vielleicht waren die ja auch extrem kurzsichtig? Gut ist es aber trotzdem, dass sie mir das mit der Strömung gesagt hat, denn man sieht sie schließlich nicht. Und wenn man sie spürt, ist es zu spät. Das Meer sieht so friedlich und freundlich aus, dass ich sicher niemals auf die Idee gekommen wäre, dass es gefährlich sein könnte.

Ich hab's ja nicht so mit Entfernungen, aber fünfzig Meter bin ich bestimmt geschwommen. Der Felsen am Strand, vor dem mein Handtuch liegt und auf dem ich meinen roten Badeanzug ausgebreitet habe, kommt mir von hier aus winzig vor. Und sehr weit weg vom Wasser. Der Badeanzug selber ist nur noch ein roter Punkt. Ich hätte ja wenigstens so schlau sein können, mir ein Handtuch mit ans Wasser zu nehmen, oder? Nur falls der Strand doch nicht so einsam ist, wie ich mir eingebildet habe. Denn! Das! Ist! Er! Nicht! Ganz im Gegenteil.

Irgendjemand läuft nämlich gerade auf mein Handtuch zu und lässt sich darauf nieder. Wer ist das? Und was macht er da? Ich trete Wasser, während ich die Bewegung am Strand beobachte. Um besser sehen zu können, muss ich die Augen zusammenkneifen. Und atme auf. Notiz an mich selbst: Ob ich wohl mal zum Augenarzt gehen sollte, wenn ich einen Hund nicht von einem Menschen unterscheiden kann?

Mein Herz klopft trotzdem wie verrückt, als ich langsam in Richtung Strand schwimme. Das, was sich da mittlerweile auf meinem Handtuch breitgemacht hat, ist kein Mensch, sondern der braune Hund aus dem Restaurant. Langsam schwimme ich weiter. Der Hund wird mir wohl nichts wegschauen, oder?

Aber zuerst einmal drehe ich noch ein paar Runden. Nacktschwimmen ist herrlich. Ich fühle mich frei und viel schneller als mit Badeanzug.

Genau: Hier kommt Suki Wassermann, Olympiateilnehmerin (ich muss kurz rechnen) 2020 in Tokyo! Gold im Kraulen! Gold in der Staffel! Und – tadaa: Gold im Freistil! Ich sehe mich schon auf dem Siegertreppchen. Aber was ich noch sehe, als ich während meiner Siegerträume doch mal kurz zum Strand schaue, ist, dass sich der braune Hund mittlerweile an meiner Tasche zu schaffen macht. Offensichtlich hat er die Tüte mit den Schinkenbroten entdeckt und zerrt sie ans Licht. »Hee!«, rufe ich. »Das sind meine Schinkenbrote!«

Hm, ich nehme an, er versteht genauso gut Deutsch wie ich Sardisch. Nämlich gar nicht. Genüsslich vertilgt er die Brote und schnüffelt dann weiter an meiner Tasche und auf meiner Decke herum.

Sorry, Hund, denke ich – *scusa* oder *scusi* oder so – aber das war echt alles, was ich zu essen dabei hatte.

Mittlerweile bin ich ziemlich nah am Strand. Aber leider nicht nah genug, um kurz mal zu meinem Handtuch rennen zu können. Außerdem muss ich mal verschnaufen. Meine »Suki trainiert für Olympia«-Spurteinlagen waren ganz schön anstrengend. Während ich wieder mal Wasser trete, kann ich prima beobachten, wie sich der Hund nun interessiert meinem Badeanzug zuwendet. Er zieht ihn vom Felsen und fängt an, ihn hin und her zuschleudern. Äh, Moment mal! Was macht er da? Und warum macht er das? *Er* hat schließlich ein Fell!

»Hund!«

Oh Mann, hätte ich ihn doch gestern Abend nur nach seinem Namen gefragt! Oder wüsste ich, was Hund auf Italienisch heißt! Ich nehme nicht an, dass es was bringt, es auf Englisch zu versuchen?

»Mann, Hund!«

Super Spruch, Suki. Ich bin quasi professioneller Hundeflüsterer, wie man an dieser Aktion sehen kann. Der Hund interessiert sich nicht die Bohne für mich, dafür umso mehr für meinen Badeanzug. Mittlerweile hat er angefangen, mit seinen Zähnen an den Trägern zu reißen. Tolles Spiel! Soweit ich es von hier aus sehen kann, ist einer der Träger bereits Opfer des ungleichen Kampfes geworden, aber glücklicherweise hat der Badeanzug ja zwei.

Endlich spüre ich Sand unter meinen Füßen und wate Richtung Strand, in der Hoffnung, den Hund zu erreichen, bevor er meinen armen Schulbadeanzug in die ewigen Badeanzugjagdgründe geschickt hat. Noch zehn Meter und ich bin an Land. Hund, dann kannst du was erleben.

Gerade, als ich nur noch bis zu den Knien im Wasser stehe und in einem Megasprint zu meinem Handtuch rennen will, pfeift es von da, wo die Felsen und die kleinen Pinien sind.

Und offensichtlich auch der Zugang vom Dorf. Und es ruft. »Amico!«, ruft es.

Und noch einmal: »Amico!«

Oh! Nein!

Nein! Nein! Und dreitausendmal nein! Man kann offensichtlich alles noch toppen. Erschrocken lasse ich mich wieder ins Wasser fallen. Ich kenne diese Stimme! Und sie gehört zu diesem Hund. Besser gesagt zu seinem Besitzer. Ganz genau: Derjenige, der da pfeift und ruft, ist Paolo aus dem Restaurant. Und diejenige, die da nackt und mit knallrotem Kopf vor Sardinien im Meer paddelt, ist Suki. Suki Wassermann. Sch…! Aber wenigstens weiß ich jetzt, wie der Hund heißt.

»Amico!«, ruft Paolo wieder und pfeift. »Amic…«

Ah. Jetzt hat er ihn wohl entdeckt. Sehr schön. Möglicherweise ist er ja auch in der Lage, ihn daran zu hindern, meinen Badeanzug komplett aufzufressen? Aber Amico interessiert sich Nullkommanull für Paolo. Was ist auch schon so ein Pfiff vom Herrchen, wenn man anstatt zu gehorchen, einen roten Badeanzug zerfetzen kann? Eben. Hund ist Hund. Die sind vermutlich alle gleich.

Noch ein paar Schritte und dann hat Paolo ihn erreicht. Mittlerweile hat er auch mich entdeckt. Er winkt kurz und bückt sich zu Amico runter. Na, prima. Vielleicht könnte er ja so freundlich sein und meinen armen Badeanzug endlich retten? Und dann am besten schnell den Strand verlassen, damit ich aus dem Wasser steigen kann und mich in mein Handtuch hüllen und vor mich hin schämen kann?

Das dauert alles so lange. Der Typ hat vielleicht Nerven. Ich möchte rufen: »Hallo! Siehst du es nicht! Ich bin hier nackt und würde gerne aus dem Wasser kommen!«

Äh, nein. Wenn ich so recht darüber nachdenke, würde ich das unter keinen Umständen rufen wollen.

Seelenruhig krault Paolo Amico hinter den Ohren. Ich glaube, er hat immer noch nichts kapiert. Wenn ich doch nur Italienisch könnte! Oder irgendeine andere Sprache, mit der ich mich hier verständlich machen kann! Aber nein. Deutsch versteht mal wieder kein Mensch. Grrrr. Notiz an mich selbst: Bei unserem nächsten Urlaub vorher überprüfen, ob ich mit Deutsch durchkomme und gegebenenfalls einen Minisprachkurs machen.

Paolo streichelt immer noch seinen Hund. Ausgiebig krault er ihm nun den Bauch, während Amico sich genüsslich auf den Rücken gedreht hat. Und hält inne. Naaaa? Haben wir den Badeanzug entdeckt?

Haben wir. Oder das, was noch von ihm übrig ist. Paolo zieht ein paar kleinere rote Stofffetzen unter Amico hervor und fängt an zu lachen. Sehr laut. Und sehr, sehr heftig. Was ich gestern noch ansteckend fand, finde ich jetzt total frech! Wie kann er nur so lachen, in Anbetracht des Dramas, das sich genau vor seinen Augen abspielt! Mein armer Badeanzug! Und er *lacht*? Vermutlich hat er nicht nur den Badeanzug entdeckt, sondern auch messerscharf kombiniert, dass ich nur deshalb nicht aus dem Meer gekommen bin, weil ich nichts anhabe. Kluges Kerlchen. Wenn du mir bitte nun auch noch helfen könntest? Aber wie sagt man einem sardischen Blitzmerker, dass er doch bitte mein Handtuch ganz nah ans Wasser legen und dann machen soll, dass er wegkommt, am besten mit seinem dämlichen Hund. (Okay, okay, ich finde ihn ja auch süß, wenn er nicht gerade meinen Badeanzug frisst. Den Hund. Ich nehme nicht an, dass Paolo so etwas machen würde.) Immer wieder schaut er zu mir und kriegt sich überhaupt nicht mehr ein. Fehlt bloß noch, dass er sich auf die Schenkel klopft vor Lachen. Ich verstehe nicht ein einziges Wort von dem, was er zwischen seinen Lachattacken zu Amico sagt. Der wedelt wie verrückt mit dem Schwanz und springt total happy an Paolo hoch.

Paolo kommt ans Wasser und sagt irgendetwas auf Sardisch zu mir. Ich zucke mit den Schultern und schaue böse. Hechelnd steht Amico neben ihm. Die beiden sehen aus, als wollten sie für den Spaß, den sie auf meine Kosten hatten, auch noch gelobt werden. Ich bin eigentlich ein sanftmütiger Mensch, was man schon daran erkennt, dass ich die vielen Stunden im Auto neben Emily und Cora ohne eine einzige Kreisch-Kotz-Wutattacke überstanden habe. Ich bin in einem Urlaub gelandet, in dem ich nicht sein will, ich soll wandern, ich bin einsam, der Hund hat meinen Badeanzug gefressen und alles, aber auch wirklich alles geht hier total schief. Jetzt ist es genug. Und wenn der Typ meine Sprache nicht spricht, dann umso besser, denke ich wütend. Denn wenn ich wütend bin, dann explodiere ich manchmal, wie ein Vulkan. Wie ein kleiner zwar nur, aber immerhin.

»Paolo, du Idiot!«, fange ich an. »Wie soll ich denn jetzt hier je wieder rauskommen? Kannst du deinem bescheuerten Hund nicht beibringen, dass man keine Badeanzüge von fremden Leuten frisst? Was glotzt du überhaupt so? Bist du noch nie nackt geschwommen?«

Ich muss Luft holen. Paolo steht am Wasser und schaut mit offenem Mund zu mir. »Hast du noch nie ein Mädchen gesehen, oder was? Kein Wunder, in diesem blöden Kaff wohnt ja niemand unter hundert. Schau nicht so blöd!« Er schaut nicht blöd, aber das ärgert mich noch mehr. »Idiot! Blödmann! Arsch!« Oh ja, ich bin in Fahrt. Hoffentlich hören sich deutsche Schimpfwörter im Italienischen nicht so ähnlich an, denke ich noch und bin mir besonders bei »Idiot« nicht so ganz sicher. Vor allem, da Paolo aufgehört hat zu lachen und jetzt selber wütend die Stirn runzelt.

Eben dachte ich, dass ich den peinlichsten Moment dieser Reise bereits hinter mir habe, aber das muss ich ganz schnell zurücknehmen. Der kommt nämlich jetzt. Genau jetzt in der Sekunde, in der Paolo mir antwortet. Und zwar in perfektem, wohlklingendem und ausgefeiltem Deutsch.

»Hey Du!«, sagt er und ich zucke zusammen.

»Was bildest du dir eigentlich ein?« Ja, äh. Gute Frage. Nichts, ehrlich gesagt. Ich war nur … Ich wollte nur … Woher zum Kuckuck kann dieser Typ so gut …?

»Du bist ja wohl selbst schuld, wenn du nackt schwimmen

gehst! Meine Güte, was für ein Theater um so ein hässliches Stück Stoff!«, schimpft er weiter. »Gestern hab ich echt noch gedacht, du wärst ganz cool, aber da hab ich mich wohl total getäuscht. Du bist einfach nur bescheuert! ’ne richtige Tussi bist du! Vor allem, wenn du diesem abartigen Badeanzugdings auch nur eine Träne nachweinst!« Er schaut mich noch einmal so richtig böse an, schüttelt den Kopf, dreht sich um und geht.

Autsch!

Autsch!

Doppel-mega-Autsch!

Während ich Paolo dabei zusehe, wie er mit Amico den Strand verlässt, ohne sich nur noch ein einziges Mal umzudrehen, sterbe ich tausend Peinlichkeitstode und schwöre mir selbst, die nächsten drei Wochen unser Häuschen nicht mehr zu verlassen. Ich kann auch dort mein Buch lesen und Postkarten schreiben. Ich muss schließlich nicht an den Strand. Schwimmen gehen muss ich auch nicht. Außerdem habe ich sowieso keinen Badeanzug (mehr). Ich muss schon gleich gar nicht wandern und am allerwenigsten muss ich Pizza essen im Dorf. Auch wenn sie bestimmt großartig schmeckt und auch wenn Nonna und Nonno nett sind und Amico echt süß. Und es in meinem Herzen so merkwürdig zieht, weil ich auch ein klitzekleines bisschen traurig bin, dass Paolo weg ist.

SALZ?

Kann man selbst diese Schmach noch toppen?

Bis vor fünf Sekunden hätte ich Nein gesagt. Aber man kann. Genauso unbedingt, wie ich einen neuen Badeanzug brauche. Ich gehe in mein Handtuch gewickelt erst mal zum Haus zurück, um mir etwas anderes (oder überhaupt etwas) anzuziehen.

Am großen Strand sind Cora und Emily nicht aufgetaucht, aber das ist auch kein Wunder. Schließlich haben die beiden gestern Abend schon verkündet, dass sie heute als erstes ins Dorf gehen wollen, um »ganz italienisch« einen Cappuccino zu trinken. Bestimmt hoffen sie darauf, irgendwelche Typen kennenzulernen, mit denen sie dann rumhängen und cool sein können. Warum sonst müssten sie sich so ausgiebig damit beschäftigen, was sie anziehen?

Jedenfalls sind sie weg und das ist ein Problem. Denn auch wenn sie sonst nie auf Mama und Papa hören, so haben sie es doch heute getan – und alle Türen abgeschlossen. Vielleicht aus Angst, dass ihnen jemand ihre Nagellacksammlung klaut? Ich sitze also schön in der Tinte. Kein Schlüssel. Kein Badeanzug. Nichts zum Drüberziehen. Kein Plan.

Ich weiß, ich wollte nie wieder in das Restaurant – ach, was sage ich: Ich wollte nie wieder unter Menschen gehen, aber wenn ich nicht den ganzen Tag hier im Handtuch rumsitzen und warten will, ob meine Eltern vor heute Abend von ihrer Wanderung zurückkommen (sehr unwahrscheinlich) oder gar Emily und Cora ihren Platz im Restaurant aufgeben (noch viel unwahrscheinlicher), dann muss ich ins Dorf. Ins Restaurant. Über den Trampelpfad. Und zwar in meinem Snoopy-Handtuch. Dort muss ich mich unbemerkt an Cora anschleichen und den Schlüssel ergattern, damit ins Haus zurückkehren und mir etwas anziehen. Das Wichtigste aber ist: Suki Wassermann darf bei dieser Mission unter gar keinen Umständen gesehen werden.

Ich nehme den Weg über den Parkplatz ins Dorf, sodass ich nicht quer über den Dorfplatz laufen muss. Das bedeutet zwar, dass ich ein kleines Stückchen an der Straße entlang laufen muss, aber das macht nichts, denn da ist sowieso nie jemand unterwegs. Dafür kann ich dann auf halber Höhe die Abzweigung nach rechts nehmen und lande direkt in der schattigen Gasse und an der Mauer mit dem Durchgang. Die Mauer, an der ich Amico zum ersten Mal gesehen habe. Ich seufze. Und Paolo.

Vorsichtig schaue ich um die Ecke. Von hier habe ich einen guten Blick in den Garten und wenn ich nicht noch einen Schritt mache, kann mich keiner sehen. Cora und Emily sitzen unter der Kastanie an einem der roten Tische.

»Cora!«, zische ich und strecke meinen Kopf vor. Sie reagiert nicht. Kein Wunder, ein sehr junger Kellner trägt gerade ein Tablett mit Espressotassen zu einem Wanderhosenehepaar. Der Kellner sieht aus wie eine etwas ältere Version von Paolo. Prima. Kein Wunder, dass die beiden nicht am Strand sind.

»Cora!«

Keine Reaktion.

Cora himmelt ihn so doll an, dass ich es sogar von hier aus sehen kann. Hat er etwa gerade den Nobelpreis gewonnen und keiner außer ihr hat's bemerkt? Die Menschheit gerettet? Ein Heilmittel gegen Krebs entdeckt?

Nein, er hat nur Espresso gebracht, seine braunen Locken geschüttelt und seine tollen Zähne gezeigt. Aber das macht er wirklich richtig gut. Boah. Ich halte es nicht aus.

Ihm scheint das Angehimmeltwerden dafür ganz gut zu gefallen. Jedenfalls grinst er immer, wenn er bei den beiden vorbeikommt. Meiner Schätzung nach ist er ungefähr siebzehn. Passt ja. Ich hoffe, er hat noch irgendwo einen Freund für Emily versteckt, denn sonst habe ich die demnächst an der Backe. Die Sonne brennt auf meinen Nacken und ich schwitze unter meinem Handtuch. Ob ich einfach in den Garten gehen soll? Quasi nackt? Aber Snoopy bedeckt mich nicht unbedingt überall und an manchen Stellen ist das Handtuch schon so durchgescheuert, dass man bestimmt durchgucken kann. Und wenn das dann auch noch verrutscht? Vor allen? Nie im Leben! Ich schaue wieder um die Ecke. Das Ehepaar bezahlt gerade.

Wenigstens kann ich davon ausgehen, dass sie nun bald verschwinden. Da sollte ich allerdings nicht mehr hier am Eingang herumstehen, soviel ist schon mal klar. Der schöne Kellner geht zu Coras und Emilys Tisch. In holperigem Englisch fragt er sie, ob sie nicht später mit ihm an den Strand wollen: »Coming to the big beach ...« Und eine ebenso englische Antwort kommt von den beiden Mädchen: »Yes, sure ... Fifteen minutes! We will be there!«

Englisch? Wenn er wirklich Paolos Bruder ist (und rein optisch kann ich das nur vermuten), dann spricht er doch bestimmt genauso gut Deutsch wie Paolo. Und ganz sicher weiß er, dass Cora und Emily Deutsche sind. Schließlich haben sie oft und laut genug »Süüüüß!« gesagt, seitdem ich hier bin. Will er die beiden auf den Arm nehmen?

Sie schauen ihm verzückt hinterher und Cora flüstert ihrer Freundin etwas zu. Auf Deutsch. Während der Kellner neben ihnen den Tisch abräumt und immer wieder zu den beiden rüberlächelt. Ich grinse. Offensichtlich haben Cora und Emily keine Ahnung. Und weil es ihm Spaß macht, die beiden zu veräppeln, tut er immer weiter so, als sei er ein waschechter Sarde. Wahrscheinlich denkt er, das käme gut an. Ich könnt mich wegschmeißen! Wenn ich nicht selbst in so einer bescheuerten Situation stecken würde, würde ich mich kaputtlachen, soviel ist klar. Aber das geht ja jetzt wohl schlecht.

Das Ehepaar steht auf und kommt auf mich zu. Jetzt aber schnell verstecken, Suki! Ich laufe so schnell ich kann zu dem einzigen Baum in Sichtweite. Ein alter knorriger Olivenbaum, der den Eingang des nächsten Hauses markiert, ist meine Rettung. Von dort aus sehe ich, wie das Ehepaar den Garten verlässt. Direkt gefolgt von Cora und Emily. Beide haben ihre Taschen über der Schulter und gehen einmal quer über den Dorfplatz in Richtung des großen Strands und zu ihrem Date mit dem großen Bruder von Paolo. Mit dem einzigen Schüssel zu unserem Haus.

Ein letztes Mal zische ich laut: »Cora! Emily!« Aber vor lauter Bewunderung der Augen des Kellners hören sie mich natürlich nicht. Mist. Die beiden Kinder, die an mir vorbeiradeln, schauen hingegen sehr interessiert in meine Richtung. Was denn? Noch nie ein Mädchen im durchsichtigen Handtuch hinter einem Baum gesehen?

Wenn mir jetzt nicht schnell etwas einfällt, womit ich Cora aufhalten kann, muss ich wohl oder übel im Handtuch über den Platz, an dem heute zur Abwechslung mal einiges los ist. Es sieht aus, als ob ein kleiner Krämermarkt dort seine Zelte aufgeschlagen hat. Jedenfalls laufen hier mehr Menschen herum, als ich in den letzten vierundzwanzig Stunden gesehen habe. »Suki?« Eine erstaunte Stimme ertönt hinter mir. Erschrocken drehe ich mich um und schaue direkt in die honigfarbenen Augen von Paolo. Und in sein Strahlegrinsen. Oh nein! Ausgerechnet.

»Was machst du denn hier?« Er kneift die Augen zusammen und mustert mich von oben bis unten. »Im Handtuch? Hast du immer noch nichts zum Anziehen?« Er beißt sich auf die Unterlippe, vermutlich um nicht laut zu lachen. Sehr witzig.

»*Dein* Hund hat meinen Badeanzug gefressen, schon vergessen?«, frage ich ein wenig schnippisch. Außerdem bin ich immer noch beleidigt, weil er so getan hat, als verstünde er kein Deutsch. Durchtriebene Familie! Und dann auch noch so doof reagieren wegen Amico, das kann ich nicht leiden. Etwas Kaltes schnüffelt wie aufs Stichwort an meiner Wade.

»Braver Hund.« Paolo krault ihn hinter den Ohren, während er mich nicht aus den Augen lässt und weiter frech grinst.

»Ich glaube, er wollte dich von dem scheußlichen Ding nur befreien! Also, ich finde, du solltest ihm dankbar sein!« Er zwinkert mir zu. »Der Badeanzug sah nicht sehr bekömmlich aus. Eher zäh. Hoffentlich wird ihm davon nicht schlecht!«

Er lacht sich halb kaputt über seinen eigenen Scherz. »Wenn er krank wird, bist du auf jeden Fall schuld!«

Sehr lustig. Na warte.

»Und wennschon? Verdient hätte er es jedenfalls!« Grimmig schaue ich Paolo an und stemme meine Hände in die Hüften. Er lacht immer noch. Und das Lachen macht, dass plötzlich die ganze Kraft aus mir herausströmt. Ich weiß nicht mehr, was ich sagen soll, und ich mag nicht streiten. Noch nicht einmal, wenn es sich gerade eben eher wie ein lustiger Streit angehört hat (falls es so was überhaupt gibt). Ich will nicht ausgelacht werden. Und ich will definitiv nicht hier sein, wo der einzige Junge in meinem Alter sich über mich lustig macht, ich halb nackt auf einem vollen Dorfplatz stehe und zu allem Überfluss auch noch Cora und Emily mit dem einzigen Schlüssel vor mir davonlaufen (nicht ganz, aber jetzt sind sie jedenfalls viel zu weit weg, um sie noch einzuholen).

Ich bin allein und keinen interessiert das. Was für ein bescheuerter Urlaub! Und warum kann ich nicht zu Hause bei meinen Freunden sein, denke ich zum tausendsten Mal. Dann steigen mir die Tränen in die Augen. Mal wieder. Auch das noch. Super. Dann hat Paolo ja jetzt noch was, worüber er lachen kann. Aber das tut er nicht.

»Hey!« Paolo schaut mich bestürzt an. »Weinst du? Ach komm, das war doch nur Spaß!« Sein Grinsen ist verschwunden und er legt seine Hand auf meinen Arm. »Hör mal, ich … es tut mir leid, okay?« Er hebt mein Kinn an, um mir in die Augen schauen zu können.

Ich versuche, nicht in seine zu sehen. Es ist mir so unendlich peinlich! Alles! Und wenn ich jetzt auch noch in seine Honigaugen schaue, dann sieht er ja vielleicht auch, was ich für eine Heulsuse bin. Nicht nur jetzt gerade, sondern immer. Suki Wassermann, vom Wortevulkan zum Elendshäufchen in zwei Sekunden. Er lässt mein Kinn los und legt seine Hand dafür wieder auf meinen linken Arm. »Das wollte ich nicht. Wirklich.«

Ich schniefe ein bisschen, obwohl es mir schon wieder viel besser geht. Seine Hand auf meinem Arm tut gut und ein bisschen Trost auch. Ehrlich. Das ist der erste Moment hier, in dem sich jemand für mich interessiert.

»Geht schon wieder.« Ich versuche ein Lächeln. Schon besser.

»Wenn du mich nicht so angeschrien hättest, hätte ich nicht gelacht. Ich schwör's dir. Aber es war einfach zu komisch.« Er gluckst schon wieder.

Hm. Jetzt, da wir vielleicht doch Freunde sein können, ist die ganze Geschichte möglicherweise doch ein wenig lustig. Oder sogar sehr. Ich fange an zu kichern. »Schon okay. Ich war ja wirklich auch nicht besonders nett zu dir.«

»Aber jetzt mal im Ernst: Du hast wirklich immer noch nichts zum Anziehen?«

Ich schüttele den Kopf »Bingo. Und Cora hat den einzigen Schlüssel zum Haus, aber natürlich keine Augen für mich! Sondern nur für ...?« Ich deute in Richtung des Restaurants.

»Oh. Sie hat Matteo getroffen?«

Ich nicke wieder, während Paolo verständnisvoll das Gesicht verzieht. »Immer das Gleiche. Und er tut so, als ob er kein Deutsch spricht?«

Ich nicke. Paolo grinst.

»Immer das Gleiche. Die Mädels stehen einfach drauf!«

Oje. Ich habe fast ein bisschen Mitleid mit Cora und Emily.

»Aber warte. Das haben wir gleich.« Ich bin kurz verwirrt, weil ich keine Ahnung habe, was Paolo meint, aber als er im

Haus verschwindet und kurz darauf mit einem T-Shirt und einer abgeschnitten Jogginghose zurückkommt, begreife ich es: Er hat Klamotten für mich besorgt!

»Damit kannst du vielleicht nicht auf die Modenschauen nach Milano, aber für einen Besuch in der weltbesten Eisdiele der Welt reicht es allemal!« Er reicht mir die Kleider und bedeutet mir, ihm zu folgen.

Ist das nicht nett von ihm? Freundlich? Fürsorglich? Oh, ich finde ihn sü…

Waaah?!

Nein. Nein. Nein. Er ist nicht *süß*! Er ist nett, hilfsbereit, gut aussehend, lustig, er hat schöne Augen, tolle Zähne und ich mag ihn. Aber was auch immer er tut, niemals werde ich ihn *süß* finden. Allererstes, hochehrenvolles, großes Suki-Wassrmann-Ehrenwort.

»Hier kannst du dich umziehen.« Paolo zeigt auf die Tür zu den Damentoiletten des Restaurants. »Und wenn du fertig bist, besuchen wir Nonno beim Eismachen, ja?«

Als ich mich im Spiegel anschaue, finde ich mich gar nicht so übel. Meine braunen Haare sind zum Dutt zusammengesteckt. Ich bin schon ganz schön braun und ich habe Millionen Sommersprossen auf der Nase. Meine grünen Augen glänzen und ich sehe froh aus. Ich vergrabe meine Nase in Paolos T-Shirt. Es riecht nach ihm, nach Sonne, nach Urlaub und nach Glück. Ich fühle mich leicht und froh. Von Vulkan zum Häufchen Elend zu einem Luftballon voller Freude. Suki Wassermann, mit der Lizenz zur Verwandlung.

Nonno steht im Keller und schneidet das Fruchtfleisch von kleinen, orangefarbenen Honigmelonen in Stücke. Als wir hereinkommen, lächelt er zuerst mich und dann Paolo an.

»Ah! Besuch!«, sagt er fröhlich und beugt sich wieder über sein Brett.

»Nonno, dürfen wir ein bisschen zugucken?«

»Zugucken?« Er schaut wieder auf und grinst. »Ihr beide? Oder nur probiere?« Er zwinkert mir zu. »Mache ich beste Eis von ganze Insel! Bin iche berühmt!« Es sieht wirklich witzig aus, wie er sich in die Brust wirft und stolz mit seinem Messer wedelt.

Paolo lacht. »Ja, das Meloneneis ist was ganz Besonderes. Dafür gibt es ein Geheimrezept, nicht wahr, Nonno?«

Nonno nickt. »Iste ganz geheim. Wisse nur ich. Unde vielleicht Nonna. Unde Matteo. Unde Paolo. Aber sonst niemand. Aber dir ich sage auch.« Er zwinkert schon wieder.

»Echt?« Paolo macht große Augen.

»Ja, echt. Signorina hier kann Geheimnis behalte. Sehe ich an ihre Auge.«

Unwillkürlich reibe ich sie. An meinen Augen kann man sehen, dass ich ein Geheimnis bewahren kann? Das hat auch noch niemand zu mir gesagt. Aber es ist ein Kompliment, das mir gefällt.

Nonno reicht Paolo und mir jeweils ein Schälchen und weist mit dem Kopf in Richtung der großen Kühl- und Eisschränke, von denen vier an der Wand stehen.

Paolo weiß anscheinend genau, wo das Meloneneis aufbewahrt wird, denn zielstrebig geht er auf den mittleren zu.

»Halt mal kurz«, sagt er und drückt mir seine Schale in die Hand. Er streift sich dicke Handschuhe über und zieht aus einem der oberen Fächer eine schmale Metallwanne heraus, in der eine pinkorangerosarote Eiscreme-Masse zu kunstvollen Eiswellen aufgetürmt ist. Das Pergamentpapier, das das Eis bedeckt, zupft er schnell weg und stellt die Wanne auf einen kleinen Tisch neben den Kühlschränken.

»So, jetzt wirst du gleich das allerbeste Eis deines Lebens kosten. Bist du bereit?«

»Bin ich.«

Paolo holt einen Eislöffel und schält eine große Portion für jeden von uns aus der Wanne heraus.

Mir läuft das Wasser im Mund zusammen.

Schnell stellt er alles wieder zurück und drückt mir mein Schälchen in die Hand. »Iss!« Okay. Mach ich. Doch gerade, als ich den Löffel eintauchen will, hält Paolo meinen Arm fest. »Nein, stopp! Nicht hier. Zu diesem Eis muss man sein Gesicht in die Sonne halten! Komm!« Er zieht mich an Nonno vorbei zur Treppe.

»Danke fürs Eis, Nonno!«, rufe ich. »Und entschuldige! Jetzt habe ich nicht eine einzige Minute richtig zugeschaut. Und das Geheimnis kenne ich auch nicht.«

Nonno lacht nur. »Iste schon gut. Paolo soll dir verraten die Geheimnis. Dann iche war's nicht!«

Schon als wir längst auf den roten Stühlen unter dem Kastanienbaum sitzen, höre ich ihn noch lachen. Dass er bei der Arbeit lacht, ist vermutlich eines der Geheimnisse, warum das Eis so gut schmeckt. So geheim, dass Nonno es vielleicht selber nicht weiß. Aber jetzt muss ich endlich das Eis probieren, das in der Sonne noch eine viel intensivere Farbe hat. Meloneneisfarbe. Hätte ich gerne als Nagellack. Das wäre dann mein erster und einziger.

Endlich tauche ich meinen Löffel ins Eis. Es duftet nach Melone, aber frisch und fruchtig. Süß und sauer gleichzeitig. Ich schließe die Augen und probiere. Sommer und Sonne und Wärme und Frucht und Frische und Urlaub und Glück explodieren auf meiner Zunge. Ich halte die Augen noch ein paar Sekunden geschlossen, um diesen Moment zu bewahren. Er ist, das weiß ich genau, magisch. Der magische Meloneneis-Sommer-Moment, der bitte die nächsten zweieinhalb Wochen nicht vergehen darf. Oder wiederkehren muss. Oder …

»Schmeckt's?«

Ich öffne die Augen wieder und schaue direkt in Paolos. Es fühlt sich immer noch alles magisch an.

Ob es schmeckt? »Paolo, was ist das für ein Eis? Das kann zaubern, oder?« Jedenfalls macht es, dass ich es hier plötzlich schön finde. Also nicht wie man eine Landschaft oder ein Bild schön findet, sondern wie: »Hier finde ich es so großartig, dass ich nie wieder weg will«-schön. Aber das kann ich Paolo natürlich nicht sagen. Trotzdem will ich sofort das Geheimnis wissen.

»Sagst du es mir?«

»Sage ich dir was?«

»Na, das Geheimnis?«

Paolo lacht. »Na klar. Es ist …« Er wedelt mit seinen Händen vor meinem Gesicht herum, als wolle er mich beschwören.

»… zauberhaftes, geheimes, unglaublich exotisches …« Er macht eine Pause. »Salz!«

Salz? Wie in Salzkartoffel? Salzhering? Salzbrezeln?

»Salz?«

»Ganz genau. Wie viel davon und wie viel Melone und andere Zutaten drin sind, weiß ich aber auch nicht. *Das* behält Nonno wirklich für sich.«

Salz. Wer hätte das gedacht. Ich jedenfalls nicht. Ist auch nicht so wichtig. Wichtig ist nur, dass es so schmeckt wie es schmeckt, dass Paolo neben mir sitzt und dieser Sommer anfängt, mir so richtig gut zu gefallen.

»Sag mal, Suki?«

»Ja?«

Paolo lächelt mich an. »Hast du Lust, morgen mit mir an meiner Geheimstelle baden zu gehen?«

Das Eis *ist* magisch, kein Zweifel. Habe ich Lust, baden zu gehen? Mit Paolo? Hallo? Ist Wasser nass?

ROBINSON UND SONNTAG

Pünktlich um neun, wie ausgemacht, stehe ich vor dem Restaurant. Ich trage meinen Zweitbadeanzug, ein Kleid und Chucks. Paolo hat gesagt, wir müssten klettern, und hat mir deshalb von Flip-Flops abgeraten. Das hört sich aufregend an. Klettern! Komisch, wenn Klettern im Zusammenhang mit Wandern erwähnt wird, kriege ich zu viel. Im Zusammenhang mit Paolo hingegen …

Ich habe so richtig gut geschlafen, weil ich Paolos T-Shirt einfach angelassen habe. Aber das darf natürlich keiner wissen. Es riecht so unglaublich gut nach ihm und nach Sommer, Sonne, Ferien und Glück.

Fand ich diesen Urlaub im Ernst am Anfang doof? Wollte ich zurück, oder noch besser, gar nicht erst hier sein?

Ich könnte von morgens bis abends den Kopf über mich selber schütteln. Suki, Suki, denke ich, manche Menschen muss man einfach zu ihrem Glück zwingen, und du gehörst offensichtlich dazu. Die angefangene Postkarte an Paula lehnt noch genau so an meiner Nachttischlampe wie vor drei Tagen. Ich würde ihr wirklich gerne schreiben, aber das kann ich ja auch machen, wenn ich mehr Zeit habe. Und weniger Paolo. Den Stapel mit den unbeschriebenen Postkarten habe ich vorsichtshalber mal wieder zurückgelegt. Wie gesagt, vielleicht später. Irgendwann.

Jedenfalls bis ich super gut gelaunt und freue mich total auf unseren Tag an Paolos Geheimbucht. Außerdem hat er gestern noch versprochen, sich um ein Mittagessen zu kümmern, denn zu seiner Geheimbucht muss man eine halbe Stunde laufen und es lohnt sich wohl einfach nicht, mittags wieder zurückzukommen. Essen ist hier sehr wichtig, so viel habe ich schon kapiert. Und dieses Mittagessen ist bestimmt ein Monstermega-Picknick, zusammengestellt von Nonna höchstpersönlich. Hungrige Kinder darf es in ihrer Nähe einfach nicht geben. Ach, was sage ich da – hungrige Menschen. Egal wie alt. Und wenn ihr Picknick auch nur halb so gut schmeckt wie Nonnos Meloneneis, dann freue ich mich jetzt schon darauf.

Paolo ist noch nicht da. Aber kaum habe ich mich auf den Eingangsstufen im Schatten niedergelassen, rennt Amico um die Ecke, um mich wild hechelnd zu begrüßen und mir einmal übers Gesicht zu schlecken.

»Amico!« Ich wische mir mit dem Arm übers Gesicht. »Ich bin doch kein Hundelolly!« Ich knuddele ihn, bis er vor lauter Hecheln und Schlecken und aufgeregt Herumhüpfen schon völlig außer Atem ist.

»Amico! Aus!« Paolo lacht über meinen Versuch, Amicos Hundeküsse abzuwehren, und schwenkt einen geflochtenen Korb. Mmmh. Das sieht verdächtig nach Nonnas Lunchpaket aus und obwohl ich gerade erst gefrühstückt habe, läuft mir das Wasser im Mund zusammen. Lecker!

»Bongiorno, Suki! Naaa? Gut geschlafen?«, sagt er fröhlich und beschattet dabei seine Augen mit der Hand. »Und komplett angezogen?« Er grinst mich an. »Sehr gut. Ich habe wirklich genug zu essen für uns drei dabei, aber nur für den Fall… hast du vielleicht auch einen Ersatzbadeanzug?« Er lacht. Ein schönes und nettes Lachen. Eines, bei dem man problemlos mitlachen kann.

Paolo zieht mich hoch und gemeinsam gehen wir die Gasse am Restaurant entlang. Direkt nach der Mauer kommt nur noch ein einziges Haus (das mit dem Olivenbaum, hinter dem ich mich gestern versteckt habe) und dann eine kleine Baumwiese, an deren Rand das typische Macchia-Gestrüpp anfängt. Im Schatten steht ein Bienenhaus.

»Was sind das für komische Bäume?«, frage ich und zeige auf ein paar hohe Bäume mit roter Rinde und glänzend grünen Blättern. Amico dreht eine Extrarunde, während wir stehenbleiben, und bellt die Bienen an. Besonders die rote Rinde habe ich noch nie gesehen, und die Blätter sehen auch anders aus als alles, was in Deutschland wächst.

»Das? Hast du noch nie von den berühmten Erdbeerbäumen gehört?« Ungläubig schaut er mich an. Erdbeerbäume?

»Äh, nein?« Müsste ich? »Seit wann wachsen die denn auf Bäumen?« So schlecht bin ich in Bio dann auch wieder nicht. Und Erdbeeren habe ich selber schon Millionen Mal auf dem Feld gepflückt.

Paolo lacht. »Die heißen doch nur so.«

Puh, ich dachte schon, ich sei total verpeilt.

»Also. Der Erdbeerbaum heißt Erdbeerbaum, weil er Früchte trägt, die wie Erdbeeren aussehen. Sie schmecken aber nicht halb so lecker.« Er lächelt. »Aber Nonno macht genialen Erdbeerbaumblütenhonig. Und aus Macchia. Sag das mal: Nonnos Erdbeerbaummacchiablütenhonig.« Paolo grinst, als ich es vergeblich versuche.

Ich boxe ihn in die Seite. Nicht fest. Nur ein bisschen. Und nur zum Spaß. Wir kichern beide und schubsen uns gegenseitig. Auch nicht fest. Und auch nur ein bisschen. Ich für meinen Teil, weil es einfach schön ist, Paolo zu berühren. Und er?

»Der Honig hat keinen deutschen Namen. Er heißt *Amaro di Corbezzolo,* und weil der Erdbeerbaum nur im Winter blüht und da die Bienen wegen der Kälte ziemlich träge sind, ist er auch sehr kostbar.« Paolo schaut mich so stolz an, als ob er selber den Honig von den Blüten sammeln würde und nicht die Bienen. Aber spannend ist das schon. »Und ich verrate dir ein Geheimnis: Ich mag ihn überhaupt nicht. Er ist viel zu bitter. Ich finde, man kann ihn nur auf Nonnas weißer Pizza essen oder mit einem dicken Stück Pecorino.«

Da war die weiße Pizza mit Honig wieder, wegen der ich schon an der sardischen Küche gezweifelt habe. Gestern beim Abendessen hat mir Nonno gesagt, dass ich sie unbedingt probieren müsse. Aber mal im Ernst: Pizzateig mit einem weißen, scharfen Käse, komplett ohne Tomaten und dafür mit einem kleinen Kännchen Honig, den man sich darüber träufeln kann? Uah! Hört sich wirklich nicht so an, als ob ich das probieren wollte. Andererseits, das Meloneneis ist ja wohl unschlagbar, gerade wegen dem Salz. Hmm, vielleicht beim nächsten Mal. Jetzt denke ich selber auch schon ständig nur ans Essen, dabei wollten wir ja schließlich an die Bucht.

Paolo zieht mich weiter. Amico läuft voraus und kehrt immer wieder zu uns zurück. Dabei zieht er so lustig die Augen hoch, dass es so aussieht, als wolle er uns fragen, warum wir eigentlich so lahme Enten seien. Vielleicht, weil es so heiß ist, dass ich gleich schmelze? Ab wieviel Grad schmilzt man eigentlich? Im Ernst, ich glaube, wir sind wirklich nah dran.

»Los, komm, Suki. Es ist noch ein ganzes Stück. Aber du wirst sehen, es ist die Kletterei wert!«

Nachdem wir noch ungefähr eine Viertelstunde auf einem Feldweg oben an den Klippen entlanggelaufen sind, kommen wir durch ein kleines Pinienwäldchen. An einem großen Felsbrocken biegt Paolo rechts auf einen Trampelpfad ab. Es riecht so unglaublich gut nach Piniennadeln und Hitze und der Boden ist weich, so weich wie eine Matratze. Jedes Geräusch wird verschluckt, bis auf das laute Hecheln von Amico. Er rennt immer wieder aufgeregt vor und zurück, kommt wieder, verschwindet, lässt uns Pinienzapfen werfen und ist ein sehr, sehr glücklicher Hund.

Da bleibt Paolo so plötzlich stehen, dass ich beinahe wieder in ihn hineingelaufen wäre.

Vor uns befindet sich der Abgrund und die Sonne knallt mit voller Wucht in mein Gesicht. Der Himmel über uns ist strahlend blau und trotz Sonnenbrille und Hut muss ich kurz die Augen zusammenkneifen, weil es so unglaublich hell ist.

»Jetzt musst du aufpassen, Suki. Die Steine sind ein bisschen lose und man rutscht leicht ab. Willst du mir deine Hand geben?« Fragend schaut er mich an, nachdem er den ersten Schritt nach unten gemacht hat, und streckt seine Hand nach mir aus. Beim Runterschauen wird mir zugegebenermaßen ein bisschen mulmig. Ungefähr fünfzig Meter geht es in minikleinen und supersteilen Serpentinen nach unten und rechts und links sind zwar ein paar Felsbrocken, aber sonst gibt es nichts, woran man sich festhalten könnte. Wenn wir allerdings da unten sind, sind wir im Paradies!

Eine kleine Bucht wird rechts und links von vorgelagerten Felsen eingeschlossen und ich kann einen feinen Sandstreifen direkt am Wasser erkennen, der in das knalltürkisfarbenste Wasser reicht, das ich je gesehen habe. Weiter draußen wird das Wasser ein wenig dunkler und ein paar kleinere Felsen ragen zwischendrin aus dem Wasser. Von hier oben sieht die Bucht aus wie perfekt für mich erfunden.

Bloß nicht abrutschen, denke ich und greife nach Paolos Hand. Sofort fühle ich mich sicher. Wie gut, dass er das mit den Flip-Flops erwähnt hat.

Als wir endlich unten sind, ist es sogar noch besser, als von oben: Erstens hat sich wohl außer uns keiner nach hier unten getraut, denn wir sind ganz allein (nein, ich werde meinen Badeanzug trotzdem nicht ausziehen, keine Sorge) und es gibt ein paar knorrige Bäume, die auf einem großen Felsbrocken wachsen und darunter gibt es kostbaren Schatten. Direkt vor der rechten Felsnase im Meer haben Unterwasserfelsen eine Art Wall gebildet, sodass das Wasser ganz ruhig ist und wir uns wie in einer Badewanne hinlegen können. Sehr gemütlich. Als erstes binden wir Nonnas Flaschen mit selbstgemachter Limonade an eine Schnur, befestigen sie an einem kleinen Felsvorsprung und hängen sie ins Wasser, damit sie schön kühl bleiben. Paolo hat echt an alles gedacht. Wir beobachten, wie die kleinen Fische durchs Wasser flitzen und kleine Krebse in den Felsritzen hin und her krabbeln. Wir versuchen Napfschnecken vom Stein zu klauben, aber das geht nicht. (Unglaublich, was diese Schnecken für eine Kraft haben! Wenn ich das nur auch könnte, ich würde immer nur noch den direkten Weg die Felsen hoch nehmen.) Und natürlich gehen wir Schnorcheln.

Muschelbänke, vorgelagerte Riffe, Korallen. Ich staune über eine Unterwasserwelt, die aussieht wie aus einem Märchen. Bläuliche Fische, die wie das Meer leuchten, Schwärme mit Hunderten von winzigen schwarzweiß gestreiften Fischen, die total synchron schwimmen, als ob sie alle einem geheimen Kommando folgen würden, das nur die schwarzweißen Fische hören können (ist wahrscheinlich auch so, oder?), große gelbe Fische mit schwarzen Flossen, Seegras, interessante Steine. Seltsame Gewächse, von denen ich nicht weiß, ob ich sie nicht doch eklig finden soll. Orange, grün, blau, Farben über Farben gemischt zu einem einzigartigen Blau an der Oberfläche. Wunderschön!

Wir tun so, als seien wir Robinson Crusoe und sein Freund Freitag, während wir auf einem der Felsen im Wasser sitzen und die Beine ins Wasser baumeln lassen. Dabei dauert es eine Weile, bis wir uns geeinigt haben, wer wer ist. Paolo behauptet, Robinson sei eindeutig ein Mann, während Freitag ... Ganz klar. Ich verdrehe die Augen und gebe nach. Aber Freitag?

»Ich bin mindestens Sonntag!«, beschließe ich. »Oder noch besser, ein Feiertag?« Hm. Wenn man die freie Auswahl hat, soll man nicht bescheiden sein. »Vielleicht bin ich sogar Weihnachten.« Eigentlich ist es selbst mir für Weihnachten viel zu heiß, aber es ist nun mal der feierlichste Feiertag, der mir einfällt. »Und heute darf nicht gearbeitet, sondern nur gehuldigt werden.« Ein seltsames Wort »gehuldigt«, aber ich wollte es schon immer mal benutzen, und hier passt es perfekt, oder?

»Na warte, Sonntag!«, ruft Paolo und spritzt mich nass. »Hier hast du deine Huldigung! Und gleich noch eine dazu!«

Das Wasser läuft mir in die Augen und brennt, und auch in meinen Mund, weil ich so lachen muss. Ja, ich bin Sonntag! Und bin ich glücklich!

Danach setzen wir uns in den Schatten und essen die dicksten selbergebackenen Riesenbrötchen, die ich je gesehen habe und die Nonna mit frischen Tomaten und Salat und vor allem auch mit ganz viel Schinken belegt hat, sodass auch Amico genug davon abbekommt. Paolo hat ihm sogar Wasser und eine Schüssel mitgebracht, sodass er genug zu trinken hat. Wie gesagt: Paolo hat an alles gedacht. Meine Zitronenlimo ist köstlich. Eiskalt. Wie schön das Leben sein kann, wenn man Robinson und Sonntag ist.

GESPENSTERJOE

Gegen sieben treffen wir uns alle wieder im Restaurant. Der Tag war gigantisch schön und trotz Nonnas Picknick freue ich mich auf die absolut beste, leckerste und größte Pizza mit Tomatensauce, die es je irgendwo gegeben hat. Emily und Cora waren sicher schon wieder eine halbe Stunde früher da, um Matteo bei der spannenden Tätigkeit zu beobachten, wie er ein Tablett trägt. Man muss nicht alles verstehen. Oh, apropos: Ob die Sprachbombe schon geplatzt ist und Cora und Emily wissen, dass er perfekt Deutsch kann?

Völlig in Gedanken und auch ein bisschen matt von der Hitze trotte ich hinter Paolo die Gasse zum Restaurant entlang. Paolo geht vor mir durch das Tor zum Garten und bleibt abrupt stehen. Prompt stoßen wir zusammen. Wieder einmal. Autsch!

»Was ist los?«, frage ich. Diesmal habe ich mir zur Abwechslung mal das Schienbein gestoßen. Wäre ja auch langweilig, wenn ich meine blauen Flecke immer an derselben Stelle tragen würde.

Ich schiebe mich an ihm vorbei. Emily und Cora haben schon unseren Stammplatz unter der Kastanie eingenommen. Gegenüber haben sich Mama und Papa niedergelassen. Soweit also alles normal. Allerdings haben sie einen weiteren Tisch an ihren gerückt und an diesem sitzen Menschen, die ich noch nie in meinem Leben gesehen habe, und unterhalten sich mit Mama und Papa, als seien sie alte Freunde. Vater, Mutter und ein blonder Junge in meinem Alter. Der Junge spricht mit niemandem. Er schaut nämlich in sein Handy.

»Hallo, Suki! Klasse, dass du schon da bist!« Mama winkt mich zu sich herüber.

»Das ist Suki«, sagt Papa lächelnd zu der Frau neben sich und zeigt auf mich.

»Ah«, sagt sie und lächelt auch.

Der blonde Junge lächelt übrigens nicht. Vermutlich hat er noch nicht einmal mitgekriegt, dass ich da bin. Dazu hätte es schon als »breaking news« auf seinem Display erscheinen müssen.

Hinter mir schnaubt Paolo verächtlich: »Vielen Dank.«

Ich drehe mich zu ihm um. Seine Augen sind überhaupt nicht mehr honigfarben. Eher schlammfarben mit wütenden Blitzen drin. Hab ich was verpasst? Gerade eben war doch noch alles wunderbar? »Paolo? Alles okay?« Ich runzele die Stirn. »Vielen Dank für was?« Ich kapiere es nicht.

»Alles gut, Suki«, sagt er und: »Wie schön, dass deine Eltern endlich jemanden für dich gefunden haben, der gut zu dir passt. Dann bist du ja jetzt nicht mehr alleine, richtig?« Blitzblitz. Feuerblitze schießen aus seinen Augen. Ich weiß überhaupt nicht, was ich sagen soll. Was meint er denn damit? Ich hab doch ihn! Und diesen Typen da kenne ich überhaupt nicht.

»Paolo …«

Er schneidet mir das Wort ab. »Egal. Ich muss jetzt sowieso Nonna und Nonno helfen. Heute ist ja schließlich mehr los als sonst.«

Bevor ich noch irgendetwas sagen kann, hat er sich an mir vorbeigeschoben und geht in Richtung Küche. Verwirrt schaue ich ihm nach. Ist er etwa sauer auf mich, oder was? Und wenn ja, warum? Bis gerade war alles super und plötzlich …? Jungs! Wenigstens Amico ist noch hier. Aber gerade, als ich das denke, schnüffelt er ein letztes Mal an meinem Bein und trottet dann hinter Paolo her. Vermutlich in der Hoffnung, in der Küche etwas zu essen zu ergattern. Super.

Von Sommer zu Eiszeit in wenigen Sekunden.

Ich setze mich neben Papa, der mir den Stuhl gerade rückt.

»Suki, das sind Ingrid, Christian und Joe. Joe ist vierzehn. Ist das nicht toll?«

Wie jetzt? Was ist daran toll, dass Joe vierzehn ist? Ist das eine Leistung, oder was? Joe schaut jedenfalls nur kurz auf, um mich zu mustern. »Hi«, sagt er völlig desinteressiert, bevor er sich wieder seinem Handy widmet.

»Hi«, sage auch ich und blicke in die aufmunternden Gesichter von Mama, Papa, Ingrid und Christian. Und? Was soll ich jetzt machen? Emily und Cora kichern zu Abwechslung mal nicht, aber dafür beobachten sie interessiert das Geschehen. Soll ich sagen: »Ich bin auch vierzehn? Auch super, was?« Oder was wird hier von mir erwartet? In Gedanken bin ich immer noch bei Paolo und es tut weh, dass dieser perfekte Tag so abrupt und blöd zu Ende gegangen ist. Habe ich vielleicht doch irgendwas Falsches gesagt? Ich habe doch eigentlich gar nichts gesagt, überlege ich. Aber vielleicht war das der Fehler?

Mama ergreift das Wort: »Suki, wir haben uns gedacht, dass es ja wirklich ein bisschen einsam hier für dich ist.« Hört, hört. Dass ihr das gerade in dem Moment aufgefallen ist, da ich mich dank Paolo das erste Mal nicht mehr einsam fühle, ist schon erstaunlich. Ich schaue sie abwartend an.

»Ja, und deshalb haben wir uns ja so gefreut, als wir heute Familie Eberhardt getroffen haben.« Beifallheischend schaut sie zu den lächelnden Eltern Eberhard. Joe muss sie nicht extra anschauen, der kriegt sowieso nichts mit. Worauf will sie nur hinaus? Stehe ich heute völlig auf dem Schlauch, oder was?

Paolo kommt mit einem Tablett an unseren Tisch und stellt wortlos zwei Karaffen mit Wasser, eine mit Wein und eine mit Nonnas Limonade auf den Tisch. Limonenscheiben wirbeln darin herum wie in einem köstlichen Wirbelsturm. Ich versuche, seinen Blick aufzufangen, aber er sieht mich nicht an. Ich würde sogar sagen, er schaut absichtlich weg. »Prego«, murmelt er leise und geht wieder in die Küche.

»Was ist denn mit dem los?«, fragt Mama und schaut Paolo hinterher. An Ingrid gewandt sagt sie: »Also bisher waren alle hier sehr freundlich zu uns. Wirklich. Und Paolo hat Suki die Gegend gezeigt, während wir wandern waren. Stimmt's, Schatz?«

Schatz? In der Öffentlichkeit? Bin ich fünf oder was?

»Äh, ja. Wir waren am Strand.«

»An unserem wart ihr aber nicht.« Cora kichert.

»Oder haben wir dich einfach übersehen?«, steigt Emily ein.

»Ganz bestimmt«, kontere ich. »Vermutlich, weil ihr so damit beschäftigt wart, die Sonnenaufgänge in Matteos Augen zu beobachten!« Ich grinse auch. »Ach ja, does he still speak English with you oder kann er mittlerweile sogar ein bisschen Deutsch?« Ich feixe, als ich sehe, dass das nicht unbedingt ein Lieblingsthema ist. Cora und Emily sehen sich an.

»Das ist geklärt«, sagt Cora kurz angebunden. »Wir sprechen jetzt Deutsch.« Emily wirft mir einen warnenden Blick zu. Ich schicke ihr einen unschuldigen »Was denn, was denn? Man wird doch wohl noch fragen dürfen«-Blick zurück.

Er hat sich entschuldigt, formt Emily mit ihren Lippen, als Matteo an unseren Tisch kommt und uns (auf Deutsch) fragt, was wir essen wollen. Schade, dass ich das verpasst habe. Aber eigentlich freue ich mich, dass auch Emily und Cora Anschluss gefunden haben. Wenn Matteo so nett ist wie sein Bruder, dann ist doch alles gut. Ähm. Wenn Paolo *je* wieder nett ist, *dann* ist alles gut, verbessere ich mich in Gedanken.

Als Matteo in der Küche verschwindet, nimmt Mama das Gespräch wieder auf: »Wie dem auch sei, Suki, wir haben Ingrid, Joe und Christian beim Wandern getroffen und uns überlegt, dass es doch viel netter wäre, wenn wir uns zusammentun würden.« Sie lächelt mich an. Oh, oh. Ich befürchte Schreckliches. Und tatsächlich:

»Was hältst du davon, wenn wir morgen alle zusammen diesen Trail an der Küste entlang laufen? Mama und ich, Ingrid, Christian, Joe und du.« Papa sieht mich begeistert an.

Oh nein, das kannst du mir wirklich nicht antun, Paps, denke ich und bin froh, dass Matteo die ersten Pizzen bringt. Immerhin habe ich so ein paar Sekunden, um nachzudenken. Jetzt, gerade in dem Moment, da der Urlaub anfängt schön zu werden, sehr schön sogar, und ich endlich das Gefühl habe, es gibt hier auch jemanden, der sich für mich interessiert, den ich mag und der mich mag (wenn man davon absieht, dass er in der Küchentür steht und finster zu uns herüber sieht), da kommt Joe. Und Ingrid und wie auch immer der Vater heißt und die bekloppte Wanderidee meiner Eltern. Was soll das? Habe ich jetzt plötzlich doch kein Mitspracherecht mehr? Was ist mit »im Urlaub darf jeder machen, was er will, und wenn du nicht wandern willst, musst du nicht«? Joes Begeisterung hält sich vermutlich auch in Grenzen. Jedenfalls hat er bisher keine nennenswerte Reaktion gezeigt.

»Also, eigentlich wollte ich morgen mit Paolo wieder an diese eine Bucht gehen und …«, versuche ich zu retten, was zu retten ist.

Mama schnaubt leise und schaut mich eindringlich an. »Suki, bitte. Dafür hast du doch noch mehr als zwei Wochen Zeit! Joe würde sich so über Gesellschaft freuen. Ein einziges Mal kannst du doch mit uns mitgehen, oder?«

Ingrid stupst Joe an. »Oder, Joe?«

»Was?«

Ein Ausbund an Energie, sage ich da nur.

»Es wäre doch schön, wenn Suki mit zum Wandern kommen würde, oder?«

»Okay. Mir egal.«

Ich kann ihn nicht leiden. Und meine Eltern kann ich auch nicht leiden. Jetzt gerade jedenfalls. Bei Joe ist es dauerhaft, befürchte ich.

»Siehst du, Joe würde sich auch freuen.«

Wie bitte? Er freut sich? Und wie hört es sich an, wenn er sich mal nicht freut?

Ich will nicht wandern. Und schon gar nicht mit Joe! Aber die Erwachsenen sind so begeistert von ihrer eigenen Idee, dass sie mich gar nicht wahrnehmen, und Joe glotzt weiter stumpfsinnig vor sich hin.

»Hast du WhatsApp?«, fragt er mich. Wow, eine Dreiwortfrage! Ich bin echt überrascht, dass er das kann.

»Ich habe mein Handy gar nicht dabei.«

Schockiert schaut er mich an. »Und was machst du dann den ganzen Tag?«

Wäre die Pizza nicht so lecker und ich nicht so hungrig, würde ich aufstehen und gehen. Was ich den ganzen Tag mache? Außer baden, Spaß haben, lachen, Robinson und Sonntag spielen, den Urlaub genießen und ESSEN?

Nichts. Sonst mache ich nichts. Was für ein himmelweiter Unterschied zwischen seinen und meinen Ferien! Ein Lächeln stiehlt sich auf mein Gesicht bei der Erinnerung an den perfekten Tag am perfekten Platz mit dem perfekten … wo ist Paolo eigentlich? Seitdem er uns das Wasser gebracht hat, habe ich ihn nirgendwo mehr gesehen.

»Mama?« Ich nutze einen Moment, in dem sich das Gespräch den Vorzügen von Wanderstöcken und der optimalen Beschaffenheit von Trails zuwendet. Lauter Verrückte, sage ich da nur. Tagsüber hat es hier Temperaturen, die meiner Meinung nach gefährlich nahe am Schmelzpunkt von Kindern und Erwachsenen (auf jeden Fall aber Joe-Gehirnen) liegen, und diese Menschen wandern? Das ist doch nicht normal, oder?

Mama schaut mich fragend an.

»Warum muss ich denn da mit? Ich bin morgen mit Paolo verabredet. Und ich will nicht wandern!« Und schon gar nicht mit Handy-Joe durch die Pampa oder Macchia oder was weiß ich was trotten. Mama lächelt mich an und legt ihre Hand auf meine. »Ich habe nicht damit gerechnet, dass du begeistert bist. Aber einen einzigen Tag kannst du doch mal mitkommen?«, sagt sie und setzt ein »Bitte?« hinzu. Bitten ist fies. Wie soll man denn da Nein sagen? Ich probiere es trotzdem.

»Och, Mama, ich will nicht mit. Ich will nicht wandern. Ich will nicht …«

Joe schaut auf. »Äh …«

Ich probiere es selbst: »Bitte?«

Aber Mama ist immun. Sie tut so, als ob ich Ja gesagt hätte. »Danke, mein Schatz. Das ist wirklich schön.«

Ja. Genauso schön, wie Augenbrauen zupfen (Autsch! Hab ich neulich das erste Mal probiert, furchtbar!) oder wie drei Klassenarbeiten in einer Woche. Superschön.

Als wir aufbrechen, kann ich Paolo nicht finden. Bei Nonna in der Küche ist er nicht und sie kann mir auch nicht sagen, wo er hingegangen ist. Komisch. Eigentlich hätten wir ja wenigstens auch noch ausmachen müssen, wann und wo wir uns treffen? Ob er es sich anders überlegt hat?

Matteo kommt mit einem voll beladenen Tablett um die Ecke.

»Vorsicht, Suki! Attenzione!«, ruft er und stellt das Tablett neben dem Geschirrspüler ab.

»Weißt du, wo Paolo ist?«, frage ich ihn, während er schon angefangen hat, die Gläser in die Spülmaschine einzuräumen. Er zuckt mit den Schultern.

»Paolo? War der nicht vorhin noch mit dir unterwegs?«

»Ja, aber …«

»Warte kurz, ja? Lass mich das Tablett leermachen und dann schau ich nach ihm, okay?«

Ich nicke und setze mich auf einen Schemel neben den Herd, während ich beobachte, wie Nonna Knoblauch schneidet, Karotten schält und Bohnen pult. Alles in einer unglaublichen Geschwindigkeit, die ich ihr gar nicht zugetraut hätte. Aber Nonna ist flink und sie bekocht all diese Menschen bis auf montags jeden Mittag und jeden Abend. Unfassbar. Es ist heiß und vom vielen Spaghettikochen hängt schwerer Dampf in der Küche. Nonno sitzt am Küchentisch, wedelt sich mit einem Blumenfächer Luft zu und beobachtet Nonna.

»Ciao Suki, willste du ein Meloneneis?«

Normalerweise hätte ich nicht Nein gesagt, aber ein Eis ohne Paolo? Das kann nicht schmecken. Ich lehne dankend ab.

»Ist schon für die Mittagessen morgen«, sagt Nonno, als er sieht, wie ich Nonna beobachte. Er ist sichtlich stolz auf seine fleißige Frau. »Morgen es gibt Ragout. Musst du kommen und kosten. Unbedingte!«

Ich grinse ihn an. »Ich komme, Nonno. Du glaubst doch nicht im Ernst, dass wir je irgendwo anders essen würden als hier?«

Nonna kichert zufrieden.

»Iste auch gut so«, sagt Nonno und zwinkert mir zu. »Aber nach Ragout du musst probiere weiße Pizza, ja? Si?« Er nickt heftig. »Am besten schmeckt mit Cannonau, aber biste du zu jung für Wein. Und für Mirto leider auch, aber ich ...« Er steht auf und holt eine Flasche mit einem dunklen Gebräu von einem Regalbrett. »Ich binne alt genug!« Er lacht über das ganze Gesicht und zeigt dabei eine grandiose Zahnlücke. Nonno schenkt sich ein paar Fingerbreit der dunklen Flüssigkeit in ein kleines Glas und trinkt. Genießerisch schließt er dabei die Augen. »Mmmhmm. Suki, das iste die beste!« Er lacht und Nonna lacht mit ihm mit.

Matteo kommt wieder zurück.

»Hast du ihn gefunden?«

Er nickt.

»Ja, und? Wo ist er?« Seltsame Situation. Matteo sagt etwas auf Sardisch zu Nonno. Paolos Name fällt mehrmals und der Wortmelodie kann ich entnehmen, dass er Nonno eine Frage stellt. Nonno antwortet. Ebenfalls auf Sardisch. Und Matteos Grinsen wird immer breiter. Hä? Kann mich mal bitte jemand darüber aufklären, was hier läuft?

Endlich wendet Matteo sich mir zu. »Ich habe es zuerst nicht ganz verstanden, aber jetzt ist mir alles klar.« Wie schön für ihn. »Also: Paolo muss morgen mit Nonno in die Weinberge fahren und nach dem Rechten sehen, hat er gesagt.«

Er feixt. »Ich wusste zwar gar nicht, dass Nonno morgen hinwollte, und Nonno selber hat es auch nicht gewusst, aber wenn Paolo es sagt ...«

Nonno lacht auch und zwinkert mir schon wieder zu.

Ich kapiere immer noch nichts.

»… hat Nonno nichts dagegen«, fährt Matteo fort. »Er wollte sowieso diese Woche mal zu seinen Trauben. Der Wein ist seine Leidenschaft, weißt du?«

Ja, und der Honig und der Mirto und das Meloneneis auch. Aber was hat das mit mir zu tun?

Matteo spricht weiter. »Das heißt natürlich, dass ich auch mitgehen muss. Also werden wir alle morgen tagsüber nicht da sein. Da müssen die Wassermann-Damen eben ohne uns zurechtkommen. Oh, und …« Er schaut mich verschwörerisch an.

»Mit dem blassen Typen da an eurem Tisch hat es übrigens nichts zu tun. Überhaupt gar nichts. Paolo ist nämlich nicht eifersüchtig. Überhaupt kein bisschen.« Er grinst.

Wie jetzt, eifersüchtig? Paolo? Auf Joe? Ich schüttele den Kopf. Wieso das denn? Das kann doch nicht Matteos Ernst sein. Oder doch? Jedenfalls sagt er nicht »April, April, Suki!« und lacht sich über seinen gelungenen Scherz kaputt. Ich stehe auf. »Na, dann ist ja gut«, sage ich verwirrt zum Abschied. »Ciao Matteo, und viel Spaß morgen! Ciao Nonna und Nonno, vielen Dank für das leckere Essen und bis morgen Abend!« Darüber muss ich jetzt erst mal nachdenken.

»Ciao Signorina Suki! Und nichte vergessen: Ragout essen morgen!«, ruft mir Nonno hinterher, aber ich bin schon fast draußen. Kurz rufe ich meinen Eltern noch ein »Gute Nacht« und Ingrid, Christian und Joe ein »Ciao« zu und mache mich schon mal auf den Weg nach Hause. Unterwegs holen mich Cora und Emily ein. Die Neuigkeiten haben die beiden wohl auch schon erreicht. Auch sie finden es doof, dass Matteo nicht mit ihnen an den Strand gehen kann, aber wenigstens müssen sie nicht mit wandern.

»Boah, hätt ich da Lust drauf! Rumlaufen in dieser Hitze!«, sagt Emily und hakt sich bei Cora ein.

»Und dieser Schlaftabletten-Joe!«, ergänzt Cora.

Danke, ihr Lieben. Jetzt geht es mir schon viel besser. Ich lasse die Schultern hängen. Wirklich prima. Spitze. Kaum fängt der Urlaub an, richtig gut zu werden, kommt garantiert jemand daher und macht alles kaputt. Schon wieder bin ich den Tränen nah. Oh Mann.

Da spüre ich, wie Cora ihren Arm um meine Schultern legt. »Hey, Schwesterlein, lass den Kopf nicht hängen«, versucht sie mich zu trösten. Sie tröstet mich! Gerade noch wollte ich den Kopf einziehen, weil ich sicher war, dass Cora über mich spotten würde (irgendwas in Richtung Heulsuse hatte ich mindestens erwartet), aber ich habe mich geirrt!

Das Alien, das von ihrem Körper Besitz ergriffen hat, hat für eine Sekunde nicht aufgepasst und die echte Cora hat sich befreit! Ein Wunder!

Dankbar schmiege ich mich an sie. Was habe ich sie vermisst! Und wenn das hier nur ein paar Sekunden dauert und sie danach wieder fies und zickig zu mir ist: egal. Ich weiß, tief da drinnen gibt es sie noch, und wenn es hart auf hart kommt, ist sie auch für mich da. Es geht mir sofort ein bisschen besser.

»Suki, ich habe eine Idee: Ich finde es auch ungerecht, dass du da mitsollst, nur weil die einen Joe haben, den irgendjemand bespaßen muss.« Genau. Wir sind stehengeblieben. Über uns funkeln Millionen Sterne. »Wie wäre es, wenn wir morgen was zu dritt machen und du einfach mit uns an den Strand kommst? Mama und Papa sagen wir, dass wir einen Schwesterntag machen wollen und den schon lange verabredet haben. Das verstehen die schon.« Sie zieht mich noch ein Stückchen näher an sich heran. »Na, was hältst du davon?«

Ja! Ja! Ja! denke ich, aber bevor ich etwas darüber sagen kann, wie schön das wäre, zieht Emily scharf die Luft ein. »Wie bitte? Du willst das Baby mitnehmen? Nee, echt, das kann ja heiter werden!« Beleidigt zieht sie ihren Arm aus Coras.

»Emily, wir gehen doch nur an den Strand! Matteo hat keine Zeit, wir sind also sowieso nur zu zweit, und mal im Ernst, was macht es für einen Unterschied, ob Suki jetzt dabei ist oder nicht? Sie stört dich doch nicht!«

Gut, das war jetzt nicht wirklich keine flammende Rede auf die Geschwisterliebe, aber immerhin hat sie mich verteidigt. Gegen Emily! Auch wenn es jetzt nicht Coras Wunschtraum ist, mit mir Zeit zu verbringen (und sie mich vermutlich ohne mit der Wimper zu zucken gegen einen gewissen siebzehnjährigen Sarden mit braunen Locken und Strahlegrinsen eingetauscht hätte), hat sie jedenfalls auch nichts dagegen. Das muss mal reichen, Suki Wassermann, vielleicht erspart dir das wenigstens den bleichgesichtigen Gespensterjoe, denke ich und warte ab, was passiert.

»Oh Mann, echt. Muss das sein?« Emily ist nicht begeistert. Kunststück. Sie selbst hat keine Geschwister und teilen braucht sie normalerweise nicht. Erst recht keine Freundinnen. Wie die zwei das mit Matteo hinkriegen, ist mir schleierhaft. Aber vielleicht ist Emily auch deshalb so unentspannt, weil sie endlich mal Cora ganz für sich haben könnte und ich jetzt … ach was, ich denke viel zu viel und vor allem zu viel über andere nach. Apropos: Wie war das noch mit der Eifersucht? Das würde ja bedeuten, dass Paolo mich mag. Also so richtig. Nicht nur wie Robinson seinen Sonntag.

Kleine Schmetterlinge flattern in meinem Bauch und es ist auf einmal auch gar nicht mehr so furchtbar schlimm, dass er nicht mehr aufgetaucht ist. Auch wenn ich sehr gerne morgen den Tag mit ihm verbracht hätte.

»Okay. Na gut. Dann machen wir es eben so.« Emily seufzt tief, so als würde sie ein riesengroßes Opfer bringen. »Aber nur, wenn wir nicht gleich um acht losmüssen, ja?«

»Quatsch«, sagt Cora und schiebt ihren Arm wieder in Emilys. »Wir gehen um neun. Ich bin lieber schon dort, wenn die große Hitze kommt. Und wir können ja dort einen Mittagsschlaf machen.« Sie knufft Emily in die Seite. »Und dann träumen wir von Matteo und Pizza und …« Beide kichern und das erste Mal finde ich es gar nicht so schlimm. Vor allem, weil Cora die ganze Zeit ihren anderen Arm nicht von meiner Schulter genommen hat.

Nur: Als Mama und Papa eine Viertelstunde später auch im Häuschen auftauchen, sind sie leider nicht davon abzubringen, mich am nächsten Tag durch die Macchia zu quälen. Wir hätten es versprochen und der arme Joe und sie hätten sich schon so gefreut … Ein Argument folgt auf das nächste und ich fühle mich schrecklich. Natürlich will ich nicht mit, aber es ist ja nur das eine Mal, denke ich. Hoffe ich. Paolo hat sowieso keine Zeit und Emily fand die Idee ja auch blöd, mit mir an den Strand zu gehen. Bevor ich es so richtig wahrnehme, habe ich schon zum zweiten Mal zugesagt. Cora drückt aufmunternd meine Schulter und vertröstet mich auf übermorgen. Na gut.

Trotz der vielen Gedanken, die in meinem Kopf herumschwirren, schlafe ich gut. Ich träume von Erdbeerbäumen, türkisfarbenen Buchten, gefährlichen Kletterpartien und honigfarbenen Augen. Von blassen Gespensterjoes träume ich glücklicherweise nicht.

S.O.S.

Ich gebe zu, die Wanderung war nicht soooo schlimm. Wirklich. Gut, es war heiß und das Meer war meilenweit weg, aber ein Tag mit Mama und Papa ist schon auch schön. Auf Joe hätte ich allerdings verzichten können, obwohl er wenigstens beim Laufen ohne Handy klar kam. Aber viel geredet hat er trotzdem nicht. Wahrscheinlich hat er sich schon mal seine WhatsApp-Nachrichten für später ausgedacht. War vielleicht auch ganz gut so. So konnte ich mich besser auf den superschmalen Weg auf den hohen Klippen konzentrieren: Ein falscher Schritt und man wäre schneller unten, als man »Gespensterjoe« sagen konnte.

Mama und Papa haben sich richtig gefreut, dass ich dabei war, und nachdem sie gemerkt haben, wie langweilig dieser Joe ist, haben wir einfach zusammen Spaß gehabt. Die Tour, die sie ausgesucht hatten, war wirklich spannend: Wir liefen über Geröllfelder, durch uralte Korkwälder, an riesigen Steilwänden entlang und durch ausgetrocknete Flußbetten, bis wir irgendwann an einem Wasserfall ankamen, an dessen Fuß man richtig toll baden konnte. Das Wasser war unglaublich klar. Man konnte hinter dem Wasservorhang vorbeilaufen und es gab sogar eine kleine Höhle dahinter. Als ich Joe fragte, ob er sich vorstellen könnte, dass dort ein Schatz lag, hat er mich nur verwundert angeschaut und »Dein Ernst?« gefragt. Ja, voll mein Ernst. Ich wünschte, Paolo wäre dabei gewesen. Und wie!

Wie gesagt, es war trotzdem lustig.

Hab ich schon erzählt, dass wir immer singen, wenn wir unterwegs sind? Also nicht, dass das zu unseren herausragendsten Talenten gehören würde, aber wir tun es trotzdem. Es ist laut, es ist schräg und wir singen sehr oft einen völlig falschen Text. Beatles, Schlager, Queen – wenn uns gar nichts mehr einfällt, singen wir auch Weihnachtslieder. Da kennen wir wenigstens alle den Text. Unter normalen Umständen wäre es mir sicher super peinlich gewesen, wenn uns irgendjemand hört. Aber bei Joe? Pfff. Ich weiß noch nicht mal, ob er es überhaupt mitgekriegt hat. Wenn, dann fand er es sicher ätzend. Aber das war mir egal. Meine Güte, wie kann man nur so ein Langweiler sein? Seine Eltern waren jedenfalls total begeistert und haben mitgesungen. Auch »Stille Nacht«.

Auf dem Rückweg haben wir noch in dem Städtchen Tortoli gehalten. Papa und Christian wollten sich irgendeine Kirche anschauen, Joe und Ingrid haben sich in ein Café gesetzt und Mama und ich sind durch die kleinen Läden in der Innenstadt gebummelt und – tadaaaa! – haben einen Bikini gekauft! Für mich! Komisch, italienische Bikinis scheinen besser auf meinen Körper zu passen als deutsche. Jedenfalls hält das Oberteil spitzenmäßig, trotz Minioberweite. Aber das Beste: Der Bikini hat exakt die gleiche Farbe wie Nonnos

Meloneneis. Die perfekte Mischung aus rosa und apricot. Ich habe einen Bikini! Ich! Habe! Einen! Bikini! Also, von mir aus kann Amico jetzt auch noch den anderen Badeanzug fressen, wenn er ihm schmeckt!

Später haben die Erwachsenen beschlossen, unterwegs an der Küste in einem Fischrestaurant zu Abend zu essen. Das Essen war lecker und Joe hat sogar mit mir gesprochen.

Aber ohne Paolo? Und was wohl Nonno dazu sagen wird, dass ich das Ragout nun doch nicht probiert habe?

Eigentlich habe ich gehofft, Paolo und ich würden uns beim Essen sehen und könnten uns wieder vertragen. Aber so? Bei dem Gedanken hat plötzlich alles irgendwie fad geschmeckt, weil der Kellner nicht diese honigfarbenen Augen hatte, nicht die braunen Wuschellocken und auch nicht das breite Grinsen. Weil er nicht Paolo war und weil Amico nicht neben meinem Platz lag. Ich ertappte mich dabei, wie ich trotzdem heimlich ein Stück Schinken unter den Tisch fallen ließ.

Es wurde spät. So spät, dass ich selbst die Idee aufgeben musste, »nur noch ganz kurz« im Restaurant vorbeizuschauen. Cora und Emily schliefen schon, als wir zurückkamen, und bis ich im Bett war, war es weit nach Mitternacht. Ob Paolo wohl auch ab und zu an mich gedacht hatte?

»Suki!«

Wasndasfürn … KRACH?! Benommen drehe ich mich um. Jemand rüttelt an meiner Schulter.

»Suki!«

Mein Name. Aus dem Mund von Cora. Sie ist schon wach.

Wenn Cora wach ist, muss es mindestens tausend Uhr sein. Jedenfalls spät. Und wo bin ich eigentlich? Gerade bin ich doch noch in meinem neuen Bikini über Felsen geklettert und habe nach Paolo gesucht … Ich reibe meine Augen.

»Aufstehen, du Schlafmütze! Du wolltest doch mit uns an den Strand heute! Es ist schon elf!«

Elf? Das hat man jetzt davon, wenn man auf Wanderungen mitgeht, zu denen man nicht will, und spät ins Bett kommt. Und nicht einschlafen kann, weil man immer an einen ganz bestimmten Jungen denkt und sich fragt, ob der wohl sauer ist und wenn ja, warum.

»Kommjaschon«, murmele ich und gähne ausgiebig. Augen öffnen wird völlig überbewertet und aus irgendeinem Grund fällt es mir heute besonders schwer. Ganz im Gegensatz zu den letzten Tagen, da waren meine Augen immer schon offen, bevor ich überhaupt wach war. Na ja, fast jedenfalls. Auf alle Fälle war ich quasi schon angezogen und vor dem Restaurant, bevor ich überhaupt klar denken konnte. Ernsthaft denken ging erst, nachdem ich wenigstens einmal komplett im Meer untergetaucht war. Aber heute …? Klar freue ich mich auf einen Tag am Meer mit Cora und Emily und darüber, dass mich Cora jetzt extra geweckt hat. Sie hätte ja auch einfach an den Strand gehen können, ohne mir Bescheid zu geben. Trotzdem wollen meine Arme und

Beine scheinbar nicht das, was ich will, und das vorfreudige Kribbeln ist irgendwie weg. Außerdem habe ich Muskelkater. Mama und Papa haben mir gestern Abend noch versprochen, dass ich ab jetzt nicht mehr mit wandern muss. Ich glaube, sie haben gemerkt, dass ich überall lieber gewesen wäre, als auf diesem Berg.

Ich schlüpfe in meinen neuen Meloneneis-Bikini und fühle mich grandios. Endlich kann mein armer Bauch auch ein bisschen bräunen. Ich hatte schon Mitleid mit ihm. Hoffentlich erschrickt er nicht vor lauter Sonne. Kleid drüber, Hut auf, rote Flip-Flops an. Buch, Sonnencreme, Wasser und Schinkenbrot in die Tasche und fertig.

Emily und Cora sitzen schon auf der Treppe und warten auf mich.

»Wo ist Matteo?«, frage ich und meine natürlich Paolo, aber das müssen die beiden ja nicht wissen. Insgeheim hatte ich natürlich darauf gehofft, dass Matteo mitkommt und seinen kleinen Bruder mitbringt. Aber offenbar vergeblich.

»Ach, die müssen heute noch mal in den Weinberg«, meint Emily und zieht Cora hoch. »Irgendwas mit der Wasserpumpe stimmt nicht, hat Matteo gestern gesagt.« Cora reckt sich. »Aber heute Abend wollten sie wieder zurück sein. Zumindest haben wir uns nach dem Essen verabredet.« Cora und Emily tauschen einen verschwörerischen Blick.

»Ah ja?«, sage ich, nur so halb interessiert. Für ein Gespräch darüber, wie »süüüüß« Matteo ist, bin ich definitiv noch nicht wach genug.

»Wir wollen noch mal runter ans Meer, Matteo will uns was zeigen.« Puh. Das kann ja heiter werden! Hätte ich nur nicht gefragt. Aber so weiß ich wenigstens, was mir heute bevorsteht: Matteo hier, Matteo da. Sind eigentlich beide in denselben Typen verknallt?

Als ob sie Gedanken lesen könnte, sagt Emily mit verträumtem Blick: »Und Luca kommt auch mit.« Aha. »Der ist wirklich richtig niedlich! Und Matteos Freund.« Verzücktes Lächeln.

Noch Fragen?

Wir gehen an den großen Strand. Falls die Jungs früher zurück sind, finden sie uns wenigstens gleich. Ausnahmsweise bin ich da mal Emilys und Coras Meinung, auch wenn ich ansonsten viel lieber an Paolos und meine Bucht gegangen wäre. Mehr Schatten, weniger Strömung, tollere Fische. Aber das Treffpunkt-Argument hat was.

Mal wieder ist kein Mensch weit und breit zu sehen, dafür haben wir die freie Auswahl an Schattenplätzen. Wir entscheiden uns für den Badeanzug-Felsen. Die anderen beiden sind so weit vom Meer entfernt, dass man sich unweigerlich die Fußsohlen verbrennt, wenn man ins Wasser will. Auf jeden Fall gehe ich jetzt erst mal schwimmen.

Cora und Emily sind immer noch mit Eincremen beschäftigt, als ich wieder aus dem Wasser komme. Unfassbar, wie viel Zeit man mit so was verbringen kann! Sicher, Sonnenschutz ist wichtig, aber er wirkt doch auch, wenn man ihn nicht in siebenundzwanzig Schichten aufträgt, oder? Cora muss sich erst einmal von dieser Strapaze erholen und legt sich hin, um sich ein wenig auszuruhen. Ich frage mich, von was. Die zwei sind ja fast genauso langweilig wie Gespensterjoe und sein Handy.

»Ach Suki, das verstehst du nicht.« Wo sie recht hat, hat sie recht. Cora tätschelt meinen Arm. »Ich muss mich für heute Abend ausruhen. Schönheitsschlaf … würde dir auch nicht schaden!« Cora grinst. Boah. Was für eine Zicke!

»Ach ja? Dann solltest du dir unbedingt sehr viel Zeit dafür nehmen, damit er auch was bringt!« Ich lache.

»Du Monster!« Cora lacht auch und wirft ihre Cremetube nach mir.

»Selber! Schwestermonster!« Ich werfe zurück.

»Ha! Na warte!« Cora wirft wieder und trifft meinen Hut, der auf Emilys Bauch segelt.

»He, ihr Hühner! Kann man nicht mal in Ruhe am Strand liegen hier?« Emily setzt sich auf und wirft mir meinen Hut wie eine Frisbeescheibe zu. Plötzlich wirft jeder irgendwas und wir kichern wie verrückt. Wirklich gut, dass niemand außer uns am Strand ist. Wir sind vermutlich die albernsten und peinlichsten Mädchen weit und breit. Und die fröhlichsten. Emily und ich haben Spaß. Zusammen. Wunder Nummer zwei innerhalb von vierundzwanzig Stunden!

Irgendwann beschließe ich zu lesen und Cora will tatsächlich schlafen. Aus dem Augenwinkel bemerke ich, wie Emily ins Wasser geht. Es ist wirklich superheiß, aber ein paar Minuten will ich auch in der Sonne liegen.

Ich baue mir aus meiner Tasche ein Kopfkissen und vertiefe mich in mein Buch. Seitdem ich hier bin, habe ich es nicht über die ersten zehn Seiten hinaus geschafft. Aber die habe ich dafür mindestens schon fünfmal gelesen. Ich kann mich einfach nicht konzentrieren. Das Meer rauscht so einschläfernd. Die Sonne scheint so hell. Meine Lider werden tonnenschwer. Meine Gedanken schweifen immer wieder ab. Was wohl Paolo gerade macht? Ob es im Weinberg auch so heiß ist wie bei uns? Ob sie wohl Amico mitgenommen haben? Ich hätte ja fragen können, bestimmt wäre er sonst mit mir mitgekommen. Amico, meine ich. Und Paolo …? Ich schließe die Augen und versuche mir beide vorzustellen. Die Wärme macht mich immer schläfriger. Habe ich mich wirklich vorhin über Cora lustig gemacht?

Wenn ich alle Gedanken loslasse, bin ich sofort an der kleinen Bucht mit Paolo. Er streicht das Wasser mit beiden Händen aus seinen Haaren und grinst mich an, als hätte ich einen super Witz gemacht, und er ruft meinen Namen.

»*Suki!*« Witzig. Ich kann ihn richtig gut hören.

»*Suki!*« Moment, das ist nicht Paolo. Und es ist auch nicht mein Name, der da gerufen wird.

»Hilfe!« Emilys Stimme. Und noch einmal: »Hilfe!«

Sofort bin ich hellwach. Ist das ein Scherz? Aber nein. Das würde sie doch nicht machen, oder? Ich setze mich auf und sehe, wie Emily im Meer mit den Armen rudert. Cora neben mir schläft tief und fest. Nein, das ist kein Scherz. Emily ist wirklich in Not! Bevor ich nachdenken kann, bin ich auch schon aufgesprungen. Ich renne zum Wasser und überlege dabei fieberhaft, was ich tun soll. Was hat mein Schwimmcoach gesagt? *Man darf sich niemals selbst in Gefahr bringen. Oft genug sind es die Retter, die ertrinken. Immer zuerst nachdenken und dann handeln.* Aber habe ich dafür noch Zeit? Emily ist ziemlich weit draußen und die Wellen ziehen sie immer weiter raus. Hat sie sich verletzt? Oder ist ihr die Kraft ausgegangen? Siedend heiß fällt mir ein, was Nonna über die Strömung gesagt hat: *Immer rechts vom Felsen bleiben, Suki! Denk an die Strömung.*

Aber entweder hat Emily das vergessen oder es hat ihr niemand gesagt. Emily ist nämlich definitiv links vom Felsen. Verflixt. Gibt es irgendetwas, was ich als Schwimmhilfe mitnehmen kann? Ein Boot? Oder wenigstens ein Brett? Nichts. Und weit und breit kein Mensch in Sicht. Oh Mann! Ich bin vierzehn! Wo sind die Rettungsschwimmer, die starken Männer, die Väter, Matteos und Paolos, wenn man sie am dringendsten braucht?

»Emily!« Ich winke ihr zu. »Emily! Hab keine Angst! Ich komme und helfe dir!« Super. Sehr beruhigend. Hab keine Angst? Ich mache mir hier fast selbst in die Hosen, habe keine Ahnung, was ich tun soll und gebe gute Ratschläge? Ja, ich habe selber Angst. Nicht um mich, ich kann meine Kräfte einschätzen, aber abgesehen von einem sehr spaßigen Samstagskurs bei einem Rettungsschwimmer habe ich keinen Plan, wie man jemand hilft, der … Okay. Suki. Langsam atmen. Nicht in Panik geraten. Sie wird nicht ertrinken.

Nicht wenn du schnell genug eine grandiose Rettungsidee hast. Ruhig atmen. Atmung ist beim Schwimmen schließlich mit das Wichtigste, und Kraft und …

»Suki!«, ruft Emily. Ihre Stimme hört sich verzweifelt an. Wenn sie jetzt anfängt zu weinen, kriegt sie gleich gar keine Luft mehr. »Ich kann nicht mehr!«

Doch, du kannst. Und nein, ich schließe kurz die Augen, das passiert hier jetzt nicht wirklich! Auf gar keinen Fall!

»Dreh dich auf den Rücken, Emily! Lass dich treiben! Versuche, ruhig zu atmen! Ich bin schon unterwegs«, rufe ich, während ich mich ins Wasser gleiten lasse. Die Wellen sind zwar nicht besonders hoch und die Strömung ist auf den ersten Metern nicht so wahnsinnig stark, aber das ändert sich, wenn man den Punkt überschritten hat, an dem man noch stehen kann. Und wenn man sich für die falsche Felsenseite entscheidet. Dann braucht man auch für sich alleine ziemlich viel Kraft, um wieder an den Strand zu schwimmen. Ob ich das mit Emily im Schlepptau schaffe?

Wir werden sehen, Suki Wassermann. Und wenn nicht …?

Nicht nachdenken. Nicht verzweifeln. Der Glaube kann doch angeblich Berge versetzen. Oh bitte, lass dies auch für kleine, aber sehr kraftvolle Wellenberge gelten!

Als ich Emily erreiche, krallt sie sich sofort mit ihrer rechten Hand an meiner Schulter fest. Autsch! Mit links rudert sie wie wild im Wasser und schaut mich panisch dabei an. Scheiße! Absolute Oberkacke! Nicht die Nerven verlieren,

Suki Wasserman, versuche ich mich selbst zu beruhigen, als sie mich mit ihrer hektischen Aktion unter Wasser drückt. Emily schluchzt. »Suki, ich ertrinke!«

»Emily, stopp! Das wirst du nicht. Ganz ruhig, bitte! Ich bleibe hier und helfe dir, aber du musst mir zuhören, okay?« Wenigstens schlägt Emily jetzt nicht mehr um sich.

Während ich Wasser trete, bemerke ich, wie wir immer weiter abtreiben. Aber ich muss abwägen: Kräfte mobilisieren und eine weitere Strecke in Kauf nehmen oder drauflos schwimmen und vor lauter Panik Wasser schlucken? Nicht fluchen, Suki, ermahne ich mich innerlich mit Mamas Stimme, aber mein Benehmen ist vermutlich gerade das geringste Problem. »Und nicht sprechen, okay? Wir müssen unseren Atem sparen. Aber wir schaffen das, Emily, hörst du mich?«

Sie nickt. Tränen stehen in ihren Augen.

»Also. Immer wenn eine Welle kommt, schwimmen wir so lange wir können mit ihr mit in Richtung Strand, okay? Und wenn sie sich zurückzieht, versuchst du einfach nur, zu bleiben, wo du bist. Du kannst dich dabei auf den Rücken drehen, wenn das besser für dich ist. Nur so viel dagegen halten, dass du nicht wieder rausgespült wirst, ja? Und bei der nächsten Welle wieder und wieder. Bald sind wir am Strand, Emily, versprochen! Okay?« Emily nickt. »Wir schaffen das schon, vertrau mir!« Ach, ich würde es selber gerne glauben. Aber versuchen werden wir es jedenfalls. Obwohl wir im Wasser sind, spüre ich, wie ich schwitze. »Okay?«, frage ich Emily noch einmal. Ich will es unbedingt hören.

»Okay«, flüstert sie.

»Also los!« Wir gleiten auf der Welle vorwärts, und wenn die Situation nicht so bedrohlich wäre, könnte ich das hier sogar genießen. Aber während wir nach vorne gleiten, wird mir bewusst, dass ich kostbare Sekunden habe verstreichen lassen, während ich versucht habe, Emily zu beruhigen. Wir sind meilenweit vom Strand entfernt. So weit, dass ich noch nicht mal Cora auf ihrem Handtuch ausmachen kann. Im ersten Wellental rudert Emily wieder mit den Armen und es gelingt mir kaum, sie an Ort und Stelle zu halten. Aber als sie bemerkt, dass sie nicht weiter abtreibt, wird es einfacher. Auch wenn ich all meine Kraft aufbringen muss, schaffe ich es, sie bei jeder Welle ein paar Meter Richtung Strand zu ziehen. »Alles klar, Emily?«, keuche ich ab und zu zwischendurch, um ihr das Gefühl zu geben, ich wäre Herrin der Lage.

»Alles klar!«, schluchzt sie.

»Nicht weinen, Emily! Das klaut dir Atem!« Immerhin reagiert sie auf mich.

Aber, oh Gott, das hier ist so anstrengend.

Wenn ich das überlebe, gehe ich sofort zu Paolo und frage ihn, was los ist, das schwöre ich mir selbst. Blöde Streitereien, echt! Nutzlose Zeitverschwendung! Und ich frage Mama und Papa, ob sie nicht vielleicht auch mal was mit uns machen wollen, schließlich ist das ein gemeinsamer Urlaub und nicht nur ... Sch... jetzt habe ich nicht aufgepasst und eine Welle ist über uns drüber geschwappt. Konzentration, Suki, ermahne ich mich selbst und ziehe Emily wieder nach oben, die prustend auftaucht.

Ich wünschte, der Strand käme schneller näher, aber wir bewegen uns nur millimeterweise vorwärts. Immerhin stimmt die Richtung. Mittlerweile ist Cora aufgewacht und hat bemerkt, dass etwas nicht stimmt. Sie ist so weit ins Meer gelaufen, dass sie gerade noch stehen kann.

»Los, Emily! Du schaffst das!«, schreit sie. Und es hilft. Als Emily Coras Stimme hört, mobilisiert sie ihre letzten Kraftreserven. Endlich habe ich das Gefühl, dass wir es wirklich schaffen können. Noch eine Welle. Und noch eine. Eine letzte. Plötzlich fühle ich Sand unter meinen Füßen. Ich schiebe die auf dem Rücken liegende Emily mit dem Schwung der Welle zu Cora und gehe unter. Als ich hustend und prustend wieder auftauche, sehe ich, wie Cora ihre Hand ausstreckt und Emily hinter sich her an den Strand zieht. Ich schwimme die letzten Meter an den Strand und stehe mühsam auf, um mich gleich wieder ins flache Wasser fallen zu lassen. Schwarze Punkte flimmern vor meinen Augen und meine Beine zittern wie verrückt. Während ich nach Luft schnappe, spüre ich plötzlich, wie jemand nach meiner Hand greift und mich hochzieht. Ich kann noch nicht aufstehen und außerdem ist es sehr angenehm, im Wasser zu sitzen. Wie harmlos das Meer sich gibt, wenn man am Strand ist, denke ich noch. Aber meine Augen bleiben geschlossen. Ich kann einfach nicht mehr.

»Suki.«

Nein.

»Suki, bitte schau mich an.« Cora hat mich an den Schultern gepackt und schüttelt mich sanft. Na gut. »Suki!« Tränen laufen ihr über die Wangen und sie nimmt mein Gesicht in beide Hände. Dann drückt sie mich ganz fest an sich. Sie zittert und schluchzt. »Oh Gott, Suki! Ich hatte solche Angst! Ich bin so froh, dass dir nichts passiert ist. Ihr wärt beinahe ertrunken! Alle beide!«

Tränen schießen in meine Augen. Cora hält mich auf Armeslänge von sich weg, um mich anzusehen, und dann drückt sie mich wieder. Wie gut das tut. Mein ganzer Körper zittert.

»Ich bin so froh. Ich hab dich so lieb, kleine Schwester. Und ich hab gedacht … Ich … Du … Emily …« Mit ihrem Daumen wischt sie meine Tränen weg, dabei schluchzt sie selbst für zwei. Wir halten uns fest in den Armen. Wie lange? Ich weiß es nicht. Lange. Als ich wieder atmen kann und mir auch nicht mehr schwarz vor Augen ist, lösen wir uns voneinander.

»Wo ist Emily überhaupt?«, frage ich und wische mir mit meiner Hand übers Gesicht. Das Salz brennt.

Cora lächelt und zeigt zu unserem Schattenplatz. Da sitzt Emily auf ihrem Handtuch. Ihr Kopf ruht auf ihren Armen, die sie auf ihre aufgestellten Knie gelegt hat. Ich stehe mühsam auf und gehe zu ihr. Als ich mich neben sie setze und ihr über den Rücken streichle, schaut sich mich unsicher an.

»Suki, es … ich …« Dicke Tränen tropfen auf ihre Hand. »Es tut mir so leid, Suki. Ich war so dumm! Ich habe die Strömung total unterschätzt! Oh Mann, bin ich bescheuert!« Sie schüttelt heftig den Kopf, während sie weint.

Okay. Jetzt reicht es. Ich bin total erschöpft, ich habe Durst, ich bin froh am Leben zu sein. Und ich will jetzt nicht mehr heulen und schon gar niemanden mehr trösten. Am ehesten wäre mir nach ein wenig Trost für mich selber. Oder nach einer Umarmung. Am liebsten von Paolo. Oder ein wenig Gelächter. Ja, lachen wäre gut.

»Also, soweit ich weiß, soll man Älteren nicht widersprechen«, sage ich und gehe vorsichtshalber in Deckung.

»Das mit dem bescheuert unterschreibe ich glatt!« Ich feixe.

»Ach ja?« Ein paar Millisekunden dauert es wohl, bis dieser Satz bei Emily angekommen ist. Plötzlich blitzt es in ihren Augen. »Ich bin also bescheuert. Okay. Aber ich kann immer noch super werfen! Entschuldige, Cora, darf ich mal?«, fragt sie, schnappt sich einen von Coras Flip-Flops und wirft ihn mir zu. »Du freche kleine Göre, ich werd dir zeigen, was Respekt bedeutet …« Sie lacht laut auf, als der Schuh mich knapp verfehlt. Dann lässt sie die Arme sinken und lächelt mich an. »Danke« formen ihre Lippen und es stehen schon wieder Tränen in ihren Augen. »Du hast mir echt das Leben gerettet, Suki.« Und dann nimmt auch sie mich in den Arm. Wir lassen uns nach hinten auf unsere Handtücher fallen. Keiner von uns ist hungrig und die fabelhaften Schinkenbrote bleiben unberührt, aber die drei Flaschen Wasser leeren wir innerhalb von Sekunden. Dann dauert es auch nicht mehr lange, bis wir alle platt im Schatten liegen und schlafen. Auf Schwimmen hat im Moment keiner richtig Lust. Komisch.

Später spielen wir Uno und Leute raten, dieses Spiel, bei dem man sich einen Zettel an die Stirn klebt, auf den die anderen geschrieben haben, welche berühmte Persönlichkeit man ist. Es ist ein ruhiger Tag, oder vielmehr: Es *wird* ein ruhiger Tag. Wir sind ausgelassen und albern. Und abgesehen davon, dass weder Paolo noch Matteo oder Luca dabei sind, ist es ein perfekter Tag. Dass ich Emily retten konnte, dass dieser schreckliche Moment dank mir so gut ausgegangen ist, macht mich stolz. Ich bin Suki Wassermann, vielleicht erst vierzehn, vielleicht eine Heulsuse und vielleicht auch noch vieles mehr, aber außerdem bin ich auch mutig und stark. Und unheimlich müde.

WASSERSCHNUPPEN

Gegen sechs brechen wir auf. Cora und Emily biegen direkt ins Restaurant ab, um das Leben zu feiern, wie sie sagen, um den Abend zu besprechen (und ich vermute mal, um heimlich ein kleines Glas Cannonau zu trinken). Und natürlich, um Matteo zu sehen. Ob er, Paolo und Nonno wohl schon wieder zurück sind?

Ich gehe nicht mit. Ich bin völlig erschöpft, meine Beine zittern immer noch ein bisschen, und obwohl alles gut gegangen ist, spüre ich doch, dass der Schreck immer noch in meinen Knochen sitzt. Mir geht immer wieder durch den Kopf, wie viel hätte passieren können. Viel? Es hätte alles passieren können. Emily hätte ertrinken können. Und ich auch. Ich beneide Emily und Cora darum, wie selbstverständlich sie es nehmen, dass alles gut ausgegangen ist, aber sie wissen ja auch nicht, was in meinem Kopf vor sich ging. Selbstverständlich ist das alles überhaupt nicht. Ich würde sagen, es ist einfach nur pures Glück. Ich spüre, wie mir wieder die Tränen in die Augen treten.

Ich will nach Hause. Natürlich nicht »nach Hause« nach Hause, sondern nur in unser Häuschen am Strand. Ich möchte mich ausruhen und in den Arm genommen werden.

Es ist vielleicht keine große Sache, zu helfen, wenn es nötig ist, und natürlich hatte ich auch keine Zeit, richtig Angst zu haben, während ich da geschwommen bin und Emily gerettet habe, aber jetzt holt sie mich dafür ein: Ganz plötzlich habe ich Angst um alle Menschen, die ich liebe.

Mama und Papa sind noch nicht zurück. Aber vielleicht sind sie auch direkt ins Restaurant gegangen? Die Tür ist jedenfalls verschlossen und ich lasse mich davor auf die Treppenstufen fallen. Ich lege meinen Kopf auf meine Arme und ich bin so müde, dass mir die Augen im Sitzen zufallen. Erst als jemand die Hand auf meine Schulter legt, schrecke ich wieder hoch.

»Suki?«

»Ja?« Benommen hebe ich den Kopf. Papa steht vor mir.

»Geht's dir gut?« Besorgt schaut er mich an.

Gute Frage. Ich kneife mehrmals die Augen zusammen, um wieder klarer sehen zu können. Mama lässt sich neben mir nieder und legt den Arm um mich. »Alles in Ordnung?« Eigentlich wollte ich ihnen ja nichts von heute erzählen, um sie nicht nachträglich zu beunruhigen und weil ich nicht will, dass sie uns nicht mehr alleine lassen – und wir womöglich ab jetzt alle mit wandern müssen. Aber Mama und Papa schauen mich so erschrocken an, wie ich da sitze mit meinem staubigen und verheulten Gesicht, erschöpft und vermutlich auch ein bisschen zerzaust, dass ich gar nicht anders kann: Ich fange mal wieder an zu heulen.

»Suki, was ist denn passiert?« Die beiden wechseln einen

Blick. »Siehst du«, sagt dieser Blick, »man kann sie eben doch nicht alleine lassen.«

»Hast du dir weh getan?«

Wortlos schüttele ich den Kopf.

»Suki?«

»Mir ist nichts passiert. Emily …« Wie sage ich es am besten, ohne dass die zwei in Ohnmacht fallen?

»Was ist mit Emily?« Papa schaut sich um und setzt sich dann neben mich.

»Warte Suki, ich hole uns kurz was zu trinken und dann erzählst du in Ruhe, was passiert ist, ja?« Mama geht schnell ins Haus.

Ich nicke und Papa legt seinen Arm um mich. Während wir so aneinander gelehnt dasitzen, beruhigt sich mein Atem langsam. Es ist ein schönes Gefühl, zu wissen, dass einer neben einem sitzt, der es einfach nur gut mit einem meint. Eine dicke Hummel brummt an uns vorbei und wir beobachten beide, wie sie sich auf einer Blüte in dem kleinen Beet vor der Treppe niederlässt. Von drinnen höre ich Mamas Geklapper, als sie Gläser auf ein Tablett stellt. »Möchtest du Eiswürfel?« Mit der Zange lässt sie in unsere drei Gläser jeweils einen großen Brocken Eis fallen, ohne auf die Antwort zu warten, und gießt die Gläser randvoll mit Nonnas Limonade. Dann drückt sie mir ein Glas in die Hand und schaut mich aufmunternd an. Normalerweise würde ich es grässlich finden, so bedient und verhätschelt zu werden, aber gerade jetzt ist es einfach wunderbar, Eltern zu haben und zu spüren, dass sie sich Sorgen machen – und mir keine Vorwürfe. Bisher wenigstens.

Ich erzähle also die ganze Geschichte. Und ich bemühe mich, es nicht so aussehen zu lassen, als sei Emily an allem schuld, schließlich konnte sie das mit der Strömung ja nicht wissen. Und wenn sie es gewusst hätte, hätte sie sich und mich niemals in Gefahr gebracht. Als ich fertig bin, geht es mir besser. Nein, ich würde kein solches Geheimnis haben wollen, auch wenn es vielleicht bedeutet, dass wir ab jetzt nicht mehr alleine an den Strand dürfen. Ich hasse Lügen.

Um es kurz zu machen: Mama und Papa sind nicht wütend. Beide hätten sich auch so verhalten, wenn jemand in Not ist, sagen sie. Aber mit Emily sprechen wollen sie trotzdem.

Mama streicht immer wieder über meinen Kopf und Papa und sie werfen sich abwechselnd besorgte, aber auch stolze Blicke zu.

Papa will ganz genau wissen, wie ich es geschafft habe, Emily zu motivieren und sie an Land zu bringen. Mama sagt die ganze Zeit, dass sie das überhaupt nicht hören will, weil sie es sich sonst so ganz genau vorstellen muss und dann kriegt sie es im Nachhinein noch mehr mit der Angst zu tun. Ich bin froh, bei ihnen zu sein, und müde. So müde.

»Wollen wir zu Nonna? Es ist schon halb acht?«, fragt Mama.

»Okay«, sage ich. »Ich ziehe mich nur schnell um, ja?«

»Alles klar, wir warten hier auf dich.«

Mühsam schleppe ich mich die Treppe hoch und setze mich auf mein Bett. Mein Blick fällt auf die angefangene Karte an Paula, die mitten im Satz abbricht.

»Hier ist es total ...«

»... langweilig« wollte ich am ersten Abend noch schreiben. Wie man sich da täuschen kann, denke ich und lasse mich mit der Karte in der Hand nach hinten sinken. Nur eine einzige Minute ausruhen, nur kurz die Augen schließen. Nur ...

Ich glaube, ein leises Scheppern gehört zu haben. Irgendetwas hat mich jedenfalls geweckt. Draußen ist es dunkel. Ich lausche, aber da ist nichts mehr. Bis auf die zirpenden Grillen ist es ganz still. Habe ich mir das Geräusch vielleicht nur eingebildet? Und überhaupt: Wo bin ich? Und warum bin ich nicht bei Nonna und esse Pizza? Wie viel Uhr ist es eigentlich? Und warum habe ich die Postkarte an Paula in der Hand?

Der Mond scheint von draußen durchs Fenster und zeichnet einen runden weißen Fleck vor mein Bett. Ein Käuzchen ruft. Da! Es scheppert wieder leise.

»Suki!«

Wer ...? Was ...?

»Suki!« Diesmal lauter. Ich gehe zum Fenster. Unten steht Paolo und ist im Begriff, eine weitere Handvoll kleine Steinchen gegen mein Fenster zu werfen, gerade als ich es ganz öffnen will.

»Nicht!«, rufe ich leise. Aber zu spät. Ich kann gerade noch in Deckung gehen, als eine Ladung Split in mein Zimmer klirrt. Ich muss lachen, als mir ein Steinchen auf den Oberarm fällt. Das nenne ich Timing!

»Was machst du da?«

»Was wohl? Ich werfe Steine an dein Fenster und versuche, dich zu wecken?«

»Ja, das merke ich. Und dann?«

»Du hast heute noch gar kein Meloneneis gegessen!«, sagt Paolo anstatt auf meine Frage zu antworten und hält eine kleine blaue Kühltasche hoch. Stimmt. Ich habe noch überhaupt nichts gegessen. Mein Magen knurrt.

»Was ist da drin?« Wenig geistreich, ich weiß, aber ich habe bis gerade eben noch geschlafen und bisher hat mir noch nie jemand Meloneneis nachts nach Hause gebracht.

Paolo kichert leise und schüttelt den Kopf.

»Komm runter!«

»Wie spät ist es eigentlich?« Ich habe überhaupt kein Zeitgefühl und keine Ahnung, wie lange ich geschlafen habe.

»Kurz nach elf. Deine Eltern sitzen noch bei Nonna und Nonno. Und Cora, Emily, Matteo und Luca sind runter ans Meer gegangen.«

Augenblicklich wird mir heiß. Schwimmen? Im Dunkeln? Womöglich am großen Strand? Und die Strömung?

»Was wollen die denn da?«

»Das gleiche wie du und ich! Los komm schon! Und bring Badesachen mit!« Oh nein. Gebadet habe ich ja wohl heute schon genug. Und dann auch noch nachts? Nie im Leben! Ich kann auch gar nicht glauben, dass Emily noch mal ins Wasser will. Spinnen die denn jetzt alle komplett?

Andererseits: Da unten steht Paolo mit Meloneneis. Alle sind am Strand. Und wenn ich was absolut nicht leiden kann, dann ist es das Gefühl, etwas zu verpassen.

Schnell klaube ich mein T-Shirt und meine Shorts vom Boden und ziehe mich an. »Suki, kommst du oder bist du wieder eingeschlafen?«, höre ich Paolo ungeduldig von unten flüstern.

»Bin schon unterwegs! Hetz mich doch nicht so«, flüstere ich zurück. In mir kribbelt die Aufregung und die Vorfreude auf ein Abenteuer. Und abgesehen davon schwirren tausend Schmetterlinge durch meinen Bauch. Ich bin so froh, dass Paolo hier ist!

Schnell hüpfe ich die Treppe hinunter, schlüpfe in meine Flip-Flops, und schon bin ich draußen. Waren maximal drei Minuten. Oder sagen wir dreieinhalb.

»Warum flüstern wir eigentlich?«, flüstere ich, als ich vor Paolo stehe.

»Keine Ahnung. Vielleicht, weil es Nacht ist?« Er grinst. Logisch. Ganz klar. Ich grinse zurück. Hätte von mir sein können.

»Hi«, sagt er und nimmt meine linke Hand. Er strahlt mich an. Heller als der Mond, der über uns leuchtet.

»Selber hi!« Ich bin plötzlich verlegen. Warum schaut er mich so an und warum lässt er meine Hand nicht los?

»Ich hab mir Sorgen gemacht.« Pause. »Um dich«. Hm. Scheint, als wäre ich nicht die Einzige, die hier verlegen ist. Soweit ich weiß, habe ich geschlafen und das ist normalerweise eher ungefährlich. Zumindest wenn man nicht schlafwandelt, wie der eine Typ, von dem ich mal gelesen habe, der dann auf einem Hausdach aufgewacht ist. Und dann ist er so erschrocken, dass …

»Suki?«

»Äh, ja?« Oh. Bin anscheinend doch noch etwas verpennt. »Warum das denn? Also warum hast du dir Sorgen gemacht, meine ich.« Mein Sprachzentrum schläft wohl auch noch.

»Na ja, wegen der Sache mit Emily am Strand! Mensch, Suki, da habt ihr wirklich wahnsinnig Glück gehabt. Der Strand ist vor allem wegen der Strömung so leer, hast du das nicht gewusst? Ich weiß, wie stark die Strömung dort ist. Ich wäre selber schon mal beinahe nicht zurückgekommen und dann hat mich Matteo …« Er unterbricht sich. »Moment. Jetzt musst du erst das Eis essen, sonst ist es komplett geschmolzen, und dann flippt Nonno aus, weil ich es dir nicht rechtzeitig gebracht habe. Hat er zumindest gesagt. Ich kann mir Nonno zwar kaum beim Ausflippen vorstellen, weil er ungefähr der sanftmütigste Mensch ist, den ich je erlebt habe, aber vielleicht stecken in ihm ja ungeahnte Ausflippkräfte.« Paolo schaut mich verschmitzt an. »Und das will ich nicht erleben.« Er reicht mir die kleine Kühltasche und wir setzen uns nebeneinander auf die Treppenstufen vor unserem Häuschen. Die Holzplanken sind noch warm und der perfekte Platz, um nachts ein Eis zu essen. Das Beste, was einem mitten in der Nacht auf Sardinien passieren kann, ist, dass einer kommt und Meloneneis vorbeibringt, finde ich. Neben einer Plastikdose mit einer großen Portion davon liegen eine Serviette und zwei Löffel in der Kühltasche. »Ich soll mit dir teilen, hat er gesagt.« Paolo grinst. »Also, nein. Eigentlich hat er gesagt, *du* sollst mit *mir* teilen. Aber nur wenn du willst.« Hundeblick. Ich muss lachen.

»Nonna hat sich ganz schön erschreckt, als Emily erzählt hat, was passiert ist, das kannst du mir glauben. Als wir vom Weinberg zurückkamen, hat sie es gleich Nonno gesagt. Sie hat so schnell gesprochen, dass noch nicht einmal ich irgendwas verstanden habe. Ich habe immer nur deinen Namen und »O dio! O dio!« und »Oh Gott, Oh Gott« gehört, und als ich gefragt habe, was los ist, waren beide total aus dem Häuschen. Nonno hat sich und Nonna erst mal einen doppelten Mirto eingeschenkt. Auf den Schreck, hat er gesagt.« Paolo blinzelt mir zu. »Und dann ist er gleich los und hat dir ein Eis geholt. Na ja. Und da bin ich. Ich bin übrigens auch sehr erschrocken, weißt du? Aber ich habe keinen Mirto bekommen.« Zuerst kichert er noch ein bisschen über seinen eigenen Scherz. Und dann schaut er mich an. Ich meine, er schaut mich so richtig an. Durch und durch, oder wie auch immer man das nennt. Ich fühle mich ein bisschen wie ein hypnotisiertes Kaninchen. Wie ein sehr glückliches hypnotisiertes Kaninchen. Vor allem, weil die Schmetterlinge in meinem Bauch jetzt Loopings fliegen und meine

Knie ganz wackelig werden. Wie gut, dass wir sitzen. Weil es so schön ist, schaue ich nicht weg. Paolo auch nicht.

Da sitzen wir nun ein paar Sekunden, die sich wie tausend Stunden anfühlen, und schauen uns an. Ich schaue Paolo an und Paolo schaut mich an. Und jetzt? Wie lange kann man schauen, ohne was zu machen? Und was soll man machen, nach dem Schauen? Soll man da vielleicht die Hand des anderen nehmen? Oder sich sogar k… *küssen*? Macht der Junge den ersten Schritt? Oder ich? Und warum denke ich eigentlich die ganze Zeit so viel?

Weil ich überhaupt keine Ahnung habe, was ich machen soll, deshalb. Aber Paolo anscheinend auch nicht. Wie wir hier so sitzen, ist ein bisschen peinlich irgendwie, trotz all dem Schönen. Ich habe das Gefühl, ich muss was machen. Irgendetwas. Schnell. Und deshalb halte ich Paolo den zweiten Löffel hin. Oh ja. Ich bin eine geborene Romantikerin!

Verwirrt greift Paolo danach und der Zauber ist verflogen. Mist! Oh Mann, Suki! Beinahe wärst du gerade zum allerersten Mal in deinem Leben geküsst worden! So richtig! Er hätte nach Meloneneis geschmeckt und danach wären wir glücklich und Hand in Hand zu den anderen an den Strand gegangen. Nachdem wir das ganze Eis aufgegessen haben natürlich. Aber jetzt? Andererseits, vielleicht habe ich mir das alles auch nur eingebildet. Verstohlen schaue ich zu Paolo rüber. Er starrt auf seinen Löffel, als hätte er noch nie einen gesehen. Die Schmetterlinge in meinem Bauch sind immer noch da. Gut, immerhin haben wir das Eis ja wenigstens trotzdem. Während wir löffeln, ist es nicht mehr komisch zwischen uns – zum Glück. Paolo erzählt mir von seinem Tag im Weinberg und von den Reben, davon, dass Nonno dort in der Nähe einen Freund hat, den er jedes Mal besucht und der diesen schrecklichen stinkigen Käse herstellt, den die Sarden so gerne essen und von dem Paolo behauptet, er würde schmecken wie Chlorbleiche auf Brot. Pfui. Glücklicherweise bringt Nonno immer ein Glas von seinem Honig mit, und wenn man den auch noch dazu isst, dann geht's, sagt Paolo. Ich schüttele mich. »Igitt!« Zum Glück hat sich Nonno nicht auf Käse, sondern auf Eis spezialisiert. Mit geschlossenen Augen genieße ich den letzten Löffel. Warum sollte man Käse essen, wenn man Eis haben kann?

Paolo steht auf und klopft sich die Hose ab. Dann nimmt er mir den Löffel und die Dose ab, packt alles wieder in die Tasche und hängt sie sich über die Schulter.

»So, genug gequatscht. Komm, die anderen warten schon!« Er streckt mir seine Hand entgegen.

»Wohin gehen wir?«, frage ich neugierig, als Paolo mich auf die Beine zieht. Normalerweise lasse ich mich ja nicht einfach so entführen, aber ich bin sehr gespannt, was er mir zeigen will. Außerdem lässt er meine Hand einfach nicht mehr los. Wer kann da schon widerstehen?

Er zieht mich hinter sich her in Richtung des großen Strandes.

»Ganz am Anfang vom großen Strand kann man doch auch rechts runter ans Wasser, weißt du wo?«

»Ich weiß wo. Da, wo immer die Familien sind, weil das Wasser da ganz ruhig ist?« Dort gibt es keine Strömung, weshalb sich tagsüber die Menschen drängen. Die Bucht ist winzig und schon voll, wenn mehr als drei Familien dort sind. Deshalb gehen wir dort normalerweise nie hin. Um diese Uhrzeit ist dort natürlich kein Mensch. »Warum dorthin?«, frage ich.

»Warte es ab, Suki. Die anderen sind schon da. Und ich verspreche dir, so was hast du noch nie gesehen.«

Na gut. Ich lasse mich überraschen. Und bis wir unser Ziel erreichen, gebe ich mir Mühe, nicht zu stolpern, auf Paolos Füße zu treten oder mich sonst irgendwie lächerlich zu machen. Das Mondlicht hilft. Nicht zu reden auch. Bisher ist nichts passiert, aber wir sind auch erst zehn Meter gelaufen.

Merkwürdig, dieser Stimmungswandel, denke ich, als wir so nebeneinander hergehen. Bis er mich vorhin geweckt hat, hätte ich schwören können, dass Paolo wütend auf mich ist, ohne dass ich begriffen hätte, warum. Ich würde ihn sehr gerne fragen, warum er vorgestern einfach verschwunden ist, warum er sauer war und nicht mit mir gesprochen hat und ob es stimmt, was Matteo gesagt hat, nämlich, dass er eifersüchtig ist. Aber ich habe Angst, dass er dann gleich wieder beleidigt ist. Und dafür ist es einfach zu schön. Jetzt und hier. Paolo und ich. Ganz ohne Worte, aber auch ganz nah. Als der Weg schmaler wird, gehen wir hintereinander.

Paolo scheint ähnliche Gedanken zu haben, denn plötzlich fragt er mich: »Wie war es eigentlich mit Joe bei der Wanderung?«

»Joe ist doof.« Das ist die Kurzversion. Die lange ist nicht wesentlich spannender. Ich will ihn aber trotzdem nicht einfach so schlechtmachen und eigentlich tut mir Joe auch leid, deshalb versuche ich es zu erklären: »Alleine mit Wandereltern in den Urlaub zu müssen und überhaupt keinen Anschluss zu finden, ist ja auch öde. Vielleicht glotzt er deshalb immer in sein Handy. Andererseits: Wie soll man denn so jemanden kennenlernen oder tolle Sachen erleben? Jedenfalls glaube ich, dass das auch der Grund war, warum meine Eltern wollten, dass ich mitgehe.«

»Ah«, macht Paolo. »Und hat er sich gefreut?«

»Hm. Kann man nicht unbedingt behaupten. Eigentlich hat er überhaupt nicht mit mir gesprochen. Ein bisschen war es so, als ob ich gar nicht dabei wäre. Beim Essen hat er von seinen Freunden aus der Schule erzählt. Er hat gesagt, so einen langweiligen Urlaub hatte er noch nie. Und dass er froh ist, wenn er wieder zu Hause ist.«

Jetzt erst fällt mir auf: Im Grunde hat Joe genau den Urlaub, den ich befürchtet habe! Ich hatte nur das Glück, dass ich gleich Paolo in die Arme gelaufen bin. Und natürlich Nonno, Nonna, Matteo und Amico. Und dass ich gar keine Chance hatte, den Urlaub doof zu finden. Armer Joe, denke ich. Armer, armer Joe.

Paolo druckst jetzt ein bisschen rum. So, als wüsste er

nicht so recht, was er sagen soll. Als wäre er unsicher. Komisch. Er macht immer so einen selbstbewussten Eindruck. Also ich wäre jedenfalls selbstbewusst, wenn ich so gut aussehen würde wie er, sportlich und nett wäre und perfekt Italienisch könnte und ... Die Schmetterlinge schwirren wieder herum, während ich auf Paolos Rücken schaue.

»Suki?« Er dreht sich um und bleibt stehen.

»Ja?«

»Es tut mir leid.«

Oha!

»Was tut dir leid?«

»Na ja, dass ich mich so blöd benommen habe. Ich war eben einfach sauer auf dich. Oder eher auf diesen blöden langweiligen Joe!«

Immerhin sind wir da ja schon mal zwei. Ich war vielleicht nicht sauer, ich fand ihn nur doof und langweilig, aber ...

»Warum eigentlich? Ich meine, warum warst du sauer auf ihn? Er hat doch gar nichts getan.« Was wiederum der Grund ist, warum ich ihn so öde finde.

»Wie er dich angeschaut hat. Und dann deine Eltern: Es kam mir vor, als wollten sie nichts lieber, als dich und diesen Typen miteinander zu verkuppeln. Echt. So als ob ich nicht gut genug wäre und sie lieber mit so einem Langweiler und dir wandern wollten, als dich mit mir an den Strand zu lassen.«

»Aber das wollte ich ja gar nicht! Das musst du doch auch gespürt haben!«

»Nee.« Paolo ist zerknirscht. »Als ich gehört habe, was die alle vorhaben, bin ich gegangen. Das war mir doch viel zu blöd. Schließlich hättest du auch mit mir wandern können.« Jetzt klingt er wieder trotzig und wütend. Genau das, was ich vermeiden wollte. Er beschleunigt seine Schritte und ich muss ganz schön schnell laufen, um mitzuhalten.

»Warte, Paolo. Ich bin heute schon genug gerannt.« Ich bleibe stehen. So langsam werde ich auch wütend. Nicht zu wissen was los ist, ist eine Sache, aber es zu wissen und nichts dafür zu können, das kann ich gebrauchen wie Bauchweh nach zu viel Meloneneis. »Bleib stehen. Entweder du hörst mir jetzt zu und wir klären das oder ich gehe sofort wieder in mein Bett. Ich habe überhaupt keine Lust, dir hinterherzulaufen und mich für etwas zu entschuldigen, für das ich nichts kann.«

Paolo ist auch stehen geblieben und dreht sich jetzt zu mir um. Mit zusammengekniffenen Augen schaut er mich an.

»Also. Ich finde Joe auch langweilig und blass. Aber er ist ganz alleine mit seinen Eltern und meine Eltern haben es einfach gut gemeint. Sie wollten mich gerne mit auf eine Wanderung nehmen und haben sich gedacht, dass es netter wäre, wenn jemand in meinem Alter dabei ist. Und außerdem: Woher sollen sie denn wissen, dass *du* gerne wanderst?«

»Sie hätten ja einfach fragen können«, knurrt Paolo, aber es hört sich schon ein bisschen weniger wütend an.

»Wärst du denn mitgegangen?«

»Ja, klar. Und ich hätte ihnen einen tollen Weg zeigen können. Oder den Weinberg von Nonno. Stinkekäse von seinem Freund inklusive. Und außerdem: Du hättest es ihnen ja auch sagen können!« Empört stemmt er die Hände in die Hüften und schaut mich herausfordernd an.

Was er kann, kann ich auch. »Was hätte ich fragen können? Ob du mitwandern willst? Ich wollte überhaupt nicht wandern. Weder mit Joe noch mit dir! Aber wenn schon wandern, dann natürlich mit dir. Und mit Amico. Ich wäre viel lieber mit dir an den Strand gegangen. Nur stand das vorgestern eben einfach nicht zur Auswahl. Das ging aber doch nicht gegen dich! Du kannst doch nicht wirklich glauben, dass meine Eltern was gegen dich haben. Ausgerechnet!«

»Wie meinst du das?« Er schaut mich mit gerunzelter Stirn an.

»Na ja, nicht weil sie dich nicht mögen, haben sie mich mitgenommen, sondern weil sie … Ach, ist doch auch völlig egal, wirklich.« So langsam wird es mir zu kompliziert. Ich bin immer noch müde und kann noch nicht so schnell denken, und ich will nicht streiten, ehrlich. Ich will lieber den Paolo von vorhin zurück, der mir Eis bringt und meine Hand nimmt. Ich versuche ein Friedensangebot. »Vielleicht können wir ja einfach noch mal zusammen wandern gehen und du zeigst mir alles. Du und ich. Oder, wenn du unbedingt möchtest, auch mit Mama und Papa. Joe kommt jedenfalls nicht mehr mit. Ich glaube, meine Eltern haben auch keinen Joe-Bedarf mehr.« Ich grinse ihn an.

Vorsichtig lächelt er zurück. »Eigentlich geht es ja gar nicht um deine Eltern.« Er schaut zerknirscht. »Ich hab nur gedacht, wenn du jetzt mit diesem Joe unterwegs bist, dann hängst du bestimmt immer mit ihm rum und willst mit mir nichts mehr zu tun haben. Immerhin hat er ja so ein cooles Handy …!«

»Ja, genau. Und so was beeindruckt mich ja auch am allermeisten. Blödmann.« Ich verziehe das Gesicht und boxe ihn gegen den Oberarm.

»Wie nennst du mich? Blödmann? Na warte!« Endlich lacht Paolo wieder. Er hält mich fest und kitzelt mich so lange, bis ich nur noch japsen kann. Habe ich schon erwähnt, dass ich der kitzeligste Mensch auf der ganzen Welt bin? Ich kichere und japse, bis ich keine Luft mehr kriege und verschlucke mich dabei so, dass ich rülpsen muss. Ein kleiner Rülpser zwar nur, aber trotzdem superpeinlich! Paolo lacht sich halb kaputt. Aber Hauptsache, die Stimmung ist gerettet. Und das ist sie.

»Wie schön, dass wir das geklärt haben«, sagt Paolo, schnappt sich meine Badesachen und nimmt wie selbstverständlich auch wieder meine Hand, als wir weitergehen. Ich kapiere nur die Hälfte, aber ich bin froh, dass wieder alles okay zwischen uns ist. Die Sterne funkeln um die Wette, der Mond leuchtet hell. Ich sehe zwar nur Paolos Hinterkopf, aber ich bin mir fast sicher, dass er lächelt. Genau wie ich.

Es ist echt witzig, wie anders sich alles anhört, wenn es dunkel ist. Das trockene Gras und die Macchia, die wir ab und zu mit unseren Beinen streifen, rascheln wispernd und der kieselige Sand unter unseren Füßen knirscht laut. Tagsüber höre ich solche Geräusche gar nicht, aber jetzt dafür umso intensiver. Vielleicht gerade weil es dunkel ist und wir weniger mit den Augen und mehr mit den Ohren wahrnehmen? Jedenfalls höre ich schon die anderen am Strand lachen und reden, obwohl sie noch ein ganzes Stück von uns weg sind. Als wir vom Weg auf den Sandstrand kommen, werden unsere Schritte wieder gedämpft. Der helle Sand reflektiert das Mondlicht so stark, dass man die Felsen auf dem Strand sehen kann. Sie werfen sogar Schatten!

Tausende, Millionen, Trillionen große und kleine helle Sterne leuchten über uns. Es funkelt und glitzert, als hätte jemand eine riesige Truhe voller Edelsteine auf einen Himmel aus schwarzblauem Samt gekippt.

Ich ziehe die Flip-Flops aus und gehe barfuß weiter. Wie weich und schön warm der Sand noch ist.

Emily, Cora, Luca und Matteo haben ein Lager aus Handtüchern gebaut und liegen wie die Sardinen in der Dose aufgereiht nebeneinander. Sie lachen und kichern, während sie sich gegenseitig erfundene Sternbilder zeigen und Geschichten dazu erzählen. Die Stimme meiner Schwester hört sich sehr glücklich an. »Hey Paolo, hallo Suki!«, ruft sie fröhlich.

»Da seid ihr ja endlich«, sagt Emily. »Wir haben schon auf

euch gewartet.« Sie setzt sich auf. »Luca, darf ich vorstellen, das ist Suki, meine Lebensretterin.« Ich kann es zwar nicht sehen, aber fühlen, wie sie dabei lächelt. Ja, ich fand Emily am Anfang unserer Reise nicht besonders toll, das stimmt. Und es wäre mir lieber gewesen, wir hätten nur zu viert Urlaub gemacht. Ich gebe zu, ich war eifersüchtig und hatte das Gefühl, sie würde mir meine Schwester wegnehmen und aus ihr ein noch schlimmeres Pubertätsmonster machen, als sie sowieso schon ist. Aber seit heute Mittag bin ich einfach nur froh, dass ihr nichts passiert ist. Dass sie da ist. Und dass es ihr gut geht. Was auch immer sie gegen mich hatte, auch das scheint nicht mehr da zu sein. Vielleicht muss man über manche Dinge auch gar nicht groß sprechen, sich entschuldigen oder etwas erklären, vielleicht begreift man manches auch erst hinterher: Ich für meinen Teil bin jedenfalls stolz darauf, wie sie mich vorstellt. Und als sie meine Hand drückt und mir »Es tut mir leid, dass ich so scheußlich zu dir war« zuflüstert, weiß ich, dass es ihr ähnlich geht. Es ist, als hätte ihr Unfall (nennt man das so? Oder heißt es vielleicht Seenot? Oder gilt das nur für Schiffe? Oder …? Egal …) das Eis zwischen uns gebrochen. Und ich fühle mich leicht und froh. Auch wenn es das nicht wert gewesen wäre, dafür zu ertrinken, hat der Schreck, den uns das Ganze eingejagt hat, wenigstens ein Gutes.

»Ciao Suki, wie geht's?« Diese Stimme kenne ich noch nicht. Ich kann Luca zwar nicht sehen, aber auch er klingt nett. Nett und nicht besonders italienisch. Aber das wäre auch ein Wunder, denn wenn ich das zwischen all den »Süß« und »Tooooll!« von Emily richtig verstanden habe, ist das einzig Italienische an Luca sein Vorname. Wie Paolo und Matteo kommt er aus Köln, ist der beste Freund von Matteo und besucht ihn einfach nur hier in den Ferien.

»Hallo Luca«, sage ich und lasse mich auf das Handtuch fallen, das Paolo für uns beide ausgebreitet hat.

Er legt sich neben mich und schiebt seinen Arm wie selbstverständlich unter meinen Kopf. Je länger ich nach oben schaue, umso mehr Sterne tauchen auf. Wunderschön. Paolo erzählt mir eine Menge über Sternbilder und nennt dabei den Sternenhimmel »Firmament« – hört sich sehr klug an, finde ich. Aber er hat auch wirklich Ahnung. Das hat ihm alles Nonno beigebracht, als Paolo noch kleiner war. Da waren sie auch oft zusammen nachts am Strand und hatten sogar manchmal ein Teleskop dabei. Für die einfachen Sternbilder braucht man das aber gar nicht. Und außerdem ist es so viel schöner – mit Paolos Arm um meine Schulter und seinem Kopf ganz nah neben meinem. Er zeigt mir den großen und den kleinen Wagen und die Kassiopeia. Paolo sagt, man nennt sie auch das Himmels-W. Passt perfekt, denn genau so sieht das Sternbild aus. Wie ein W am Himmel. W wie Wassermann. Ich mag Kassopeia.

»Schau mal, Suki, dahinten, siehst du den ganz hellen Stern?« Ich strenge meine Augen an und schaue in die Richtung, in die Paolo zeigt. Ganz helle Sterne gibt es quasi wie Sand am Meer. Passend, was? Aber es stimmt: Je länger ich hinschaue, desto klarer sehe ich. Fast direkt vor uns leuchtet ein Stern besonders hell und ein kleines bisschen rötlich.

»Ja, den sehe ich. Wie schön! Hat der auch einen Namen?« Ich muss mir unbedingt merken, wo er ist, damit ich ihn wiederfinden kann. Vielleicht kann ich ihn zu Hause sogar Paula zeigen. Er ist wirklich besonders. Weil Paolo sich so gut mit Sternen auskennt, habe ich einen total komplizierten lateinischen oder griechischen Namen erwartet: Venus, Apollo, Beatrix oder sowas in der Art. Aber nein. So heißt er nicht.

Feierlich verkündet Paolo: »Dieser rötliche Stern am Firmament hinten links heißt Sukis Super-Sommer-Sardinien-Erinnerungs-Stern, kurz Susosa, der Wunderbare.” Kunstpause. »Man weiß nicht, ob er bewohnt ist, aber eine Sonde ist unterwegs und wird vermutlich demnächst das erste Mal Informationen an die Erde senden. Man geht davon aus, dass auf Susosa türkisfarbenes Wasser, leckere Pizza, Meloneneis und ein brauner Hund zu finden sind. Abgesehen von einem gut aussehenden, klugen, witzigen … Autsch!« Ich kneife ihn leicht in den Oberarm. Alter Angeber! Paolo lacht und reibt mit seiner freien Hand über seinen Arm. Susosa. Ganz klar. Spinner.

Die anderen albern auch herum und versuchen, möglichst komplizierte Sternennamen zu erfinden. »Oh ja, seht ihr dort hinten? Der blaue? Das ist mein Stern!«, höre ich Cora. »Er heißt Coras himmelblauer Elfenstern!«

»Uh! Da will ich bitte nicht hin!« Das ist Matteo.

»Ach ja? Und warum nicht?« Täusche ich mich, oder höre ich einen leicht beleidigten Unterton in der Stimme meiner Schwester?

»Ein blauer Elfenstern? Gibt's da überhaupt was zu essen? Oder nur Mädchen in durchsichtigen Flatterkleidern, die umherschweben und singen?« Er lacht. »Oh, wenn ich es mir so recht überlege … Vielleicht will ich ja doch hin!«

»Pfff. Tja, lieber Matteo, aber du bist vermutlich nicht willkommen. Und wenn, musst du total viel Miete bezahlen!«

»Miete? Auf einem Stern?«

»Na logisch! Womit sollen wir sonst unser Raumschiff finanzieren?«

»Ich dachte, ihr seid Elfen! Die brauchen doch sicher kein Raumschiff, die können doch fliegen!« Und so weiter und so weiter … Zwischendrin großes Gelächter, Gekicher und diverse Autschs, Ohs und Ahs.

Paolo neben mir ist ziemlich still und eine Weile schauen wir einfach nur nach oben und zu Susosa. Mein Stern. Mein eigener Stern. Ob man ihn auch von Deutschland aus sehen kann? Und ob er auch im Winter da ist? Wie schön das wäre, denke ich, wenn ich einfach nur nach oben schauen müsste und die gleiche Wärme, die Sonne, das Meer und Amicos Fell spüren könnte. Am besten in 3D. Mit Sound, Geruch und allem Drum und Dran. Eher 4D dann, oder sogar 5D? Und am besten gleich auch noch Paolos Arm um meine

Schulter, sein Lachen. Und Meloneneis im Mund. Ja, das wäre eine wirklich tolle Erinnerung.

»Suki.« Paolo räuspert sich. »Teilst du deinen Stern mit mir?« Erwartungsvolle Stille.

»Ob ich meinen Stern mit dir teilen würde?« Hallo, ihr Schmetterlinge, noch ein paar Loopings gefällig?

»Du meinst, wie einen gemeinsamen? Natürlich! Was für eine Frage. Ich habe ja auch mit Amico meinen Schinken geteilt.«

»Oh! Schau!« Direkt vor uns zieht eine riesig helle Sternschnuppe ihre halbrunde Bahn einmal über den Himmel. Wir sehen sie beide gleichzeitig.

»Hast du dir auch was gewünscht?«, frage ich Paolo leise, als sie verglüht ist.

»Hab ich. Aber das ist geheim und man darf es nicht verraten!« Schade. Vielleicht war es ja der gleiche Wunsch wie meiner? Das wäre natürlich das Allerbeste, weil ich mir gewünscht habe, dass er es vorhin auch so schön fand mit mir auf der Treppe und dass es vielleicht noch einmal so eine Situation gibt und ich dann nicht vor lauter Peinlichkeit irgendwas Komisches mache und er mich dann vielleicht tatsächlich doch noch k… Ups – beinahe hätte ich es doch verraten.

Paolo drückt meine rechte Hand. »Ich bin so unendlich froh, dass dir nichts passiert ist, Suki«, sagt er leise und dreht sich auf die linke Seite. Er zieht seinen Arm unter meinem Kopf hervor, sodass er seinen Kopf aufstützen und mich anschauen kann. Seine rechte Hand liegt auf meinem Bauch, als gehöre sie da schon immer hin. Da, wo er mich berührt, explodiert meine Haut und es fühlt sich an, als hätte mich jemand genau da in Knallbrause getaucht. In regenbogenbunte, meloneneisleckere und sternschnuppenfrohe Knallbrause.

»Ich auch«, flüstere ich und es wird mir plötzlich klar, wie wenig selbstverständlich es ist, dass alle Geschichten gut ausgehen. Diese aber schon, denke ich. Und dann denke ich nicht mehr so wahnsinnig viel. Aber dafür fühle ich um so mehr. Mein Herz schlägt wie verrückt. Ich bemühe mich, weiter zu atmen (hätte ich beinahe vergessen) und nicht ohnmächtig zu werden. Die Welt steht still.

Sanft und vorsichtig berühren Paolos Lippen meine. Ich schließe die Augen, damit ich besser spüren kann. Und es fühlt sich unglaublich an. Einfach. Richtig. Eigentlich so, als wären alle Sterne plötzlich in mir und würden in meinem Herzen weiter um die Wette funkeln.

Bitte, wer auch immer dafür zuständig ist, soll machen, dass dieser Moment nie vorbei geht …

Tut er aber.

Schade.

Als Matteo in die Hände klatscht, zucken wir beide zusammen. Dabei stoßen unsere Nasen aneinander. Ich muss lachen. Paolo lacht mit.

»Los, kommt, wir gehen schwimmen!«, ruft Matteo und

Luca, Cora und Emily springen auf. Da geht sie hin, die Romantik. Jetzt, wo ich endlich begriffen habe, wie Küssen geht.

Egal. Ich bin glücklich. Und fühle mich wie eine Sektflasche, die man vor dem Öffnen geschüttelt hat. In mir sprudelt es und alle Freude möchte aus meinem Kopf und in den Nachthimmel. Ich will laut rufen und juchzen und weiterküssen. Mein Herz hört nicht auf zu rasen. Sogar ein bisschen schneller als vorhin. Wir haben noch genau zehn wundervolle Tage hier. Und Nächte. Und auch wenn ich nicht so ganz genau weiß, was ich machen muss, oder wann oder wie ich Paolo davon überzeugen kann, mich öfter zu küssen, ich werde jede einzelne Sekunde von diesen Tagen genießen und mich zu Hause beim Anblick von Susosa daran erinnern.

Wir laufen um die Wette Richtung Wasser. Lustig, dass wir auch im Mondlicht Schatten werfen. Hellen, freundlichen Mondschatten. Das Meer dagegen ist schwarz und geheimnisvoll. Selbst ohne die bedrohliche Situation heute Mittag fände ich es unheimlich, besonders, weil man nicht sehen kann, was unter der Wasseroberfläche ist.

Emily greift nach meiner Hand. »Gehst du mit mir zusammen rein?«, fragt sie mich leise, während die anderen sich schon laut prustend und schreiend ins Wasser gestürzt haben. Wir waten langsam vorwärts. Man kann hier ein ganzes Stück ins Wasser laufen, ohne dass es einem weiter als bis zu den Knien reicht. Hoffentlich trete ich auf nichts Spitzes oder Ekliges! Ich bin froh, dass Emily auch ängstlich ist.

»Emily, Suki! Hier rüber!«, ruft Matteo. Cora kreischt. Luca lacht. Plötzlich taucht Paolo an meiner Seite auf und ich bin froh, dass er sich nicht über mich lustig macht. Im Gegenteil. Ich glaube, er weiß genau, wie ich mich fühle, als er meine andere Hand nimmt. »Hey du. Ich habe dir doch eine Überraschung versprochen. Dazu müssen wir bloß ein bisschen weiter rein. Aber keine Sorge: Hier kann euch wirklich nichts passieren. Ehrlich.«

Ich glaube ihm. Und neugierig bin ich auch. Mittlerweile sind Cora und die beiden Jungs wohl schon ein bisschen weiter draußen, denn das Kreischen und Wasserschubsen hat aufgehört. »Matteo! Was ist das …?« Coras Stimme klingt nicht ängstlich, so viel kann ich hören. Zum Glück, wirklich. Auf Aufregung habe ich echt keine Lust mehr.

Mittlerweile geht mir das Wasser bis zum Bauch. »Los, ihr beiden, lasst uns endlich ein bisschen schwimmen!« Paolo lässt meine Hand los und taucht ins Wasser ein. Weg ist er.

»Alles klar, Emily?«, frage ich und lasse auch ihre Hand los, als sie mir antwortet. »Alles klar.« Ein bisschen wackelig klingt ihre Stimme zwar, aber ihr Händedruck ist fest.

»Wer zuerst bei den anderen ist!« Sie taucht ins dunkle Wasser. Ich schließe die Augen und tauche ebenfalls komplett unter. Das Wasser ist warm und schmiegt sich wie eine zweite Haut an mich. Dieses Element schenkt mir Geborgenheit. Dunkelheit hin oder her, ich bin einfach im Wasser zu Hause. Meine Angst ist wie weggeblasen und mein Vertrauen ist zurück. Unter Wasser mache ich einen kräftigen Schwimmzug in die Richtung, aus der ich die anderen gehört habe, und gleite Meter um Meter vorwärts durch die Dunkelheit auf meine Schwester und unsere Freunde zu.

Schon beim Auftauchen sehe ich es: Überall dort, wo ich meine Hand durchs Wasser gleiten lasse, glitzert und funkelt es. »Was ist das?« Ich schnappe nach Luft. Vor lauter Überraschung hätte ich mich beinahe verschluckt. Ich höre, wie Paolo auf mich zuschwimmt, und als er näher kommt, sehe ich auch um seinen Umriss ein helles Funkeln, als ob er von Hunderten von Sternschnuppen begleitet werden würde. Wasserschnuppen. Kurz glaube ich, dass sich der Sternenhimmel einfach im Wasser spiegelt, aber die winzigen Lichter leuchten nur dort, wo das Wasser bewegt wird. Immer wieder ziehe ich meine Hände durchs Meer, damit es nicht aufhört, während ich Wasser trete. Nie habe ich etwas Schöneres gesehen. Es ist, als ob man im Sternenhimmel badet, wunderschön und unglaublich.

»Wasserglühwürmchen vielleicht?«, frage ich, während Paolo ganz nah zu mir hin schwimmt und ebenfalls Wasser wirbelt. Ein kleines nasses Feuerwerk entsteht. Er lacht.

»Meeresleuchten nennt man das. Ich glaube, das sind irgendwelche minikleinen Minitiere, bestimmte Mikroorganismen. Das hat mir Nonno erzählt. Sie sind nicht immer da. Aber wenn man sie sehen will, dann am ehesten hier.«

Meeresleuchten. Zuerst das Eis, die Sterne, Susosa und der Kuss, und jetzt auch noch das Meeresleuchten – obwohl ich finde, dass Wasserschnuppen viel besser passt.

All das macht mich sprachlos. Wie viele Wunder kann man wohl in einem einzigen Urlaub erleben? Und noch dazu in einem, den man am liebsten gar nicht miterlebt hätte?

Ich kann kaum glauben, dass ich mich nicht auf diesen Urlaub gefreut habe, denke ich, nachdem wir noch eine ganze Weile durch das Funkelmeer geschwommen sind.

Als wir wieder auf dem warmen Sand liegen und nach oben zu den Sternen schauen, kneife ich mich heimlich selber. Dies hier ist ja wohl der perfekte, ja der einzig wahre, magischste und beste Meloneneissommer aller Zeiten.

NONNA

Die nächsten Tage verbringen wir entweder zu sechst am großen Strand oder an der kleinen Bucht, die mir Paolo am zweiten Tag gezeigt hatte. Vielmehr zu siebt. Amico muss man natürlich mitzählen. Vor allem auch, wenn man das Picknick vorbereitet. Selten habe ich einen so verfressenen Hund erlebt.

Mittlerweile bin ich richtig gut im Klettern und oft schneller am Wasser als Paolo. Ich glaube, das liegt daran, dass das Meer magnetisch wirkt. Jedenfalls auf mich. Es ist wirklich seltsam: Kaum werfe ich einen Blick von oben auf das türkisfarbene Wasser, schwupps, sind meine Füße auch schon losgerannt und ich kann auf gar keinen Fall anhalten, bis ich unten am Strand bin, mir die Klamotten vom Leib gerissen habe und mich endlich ins Wasser fallen lassen kann. Es fühlt sich an, als würde man einen Film schneller laufen lassen.

Fast Forward sozusagen. Sobald ich im Wasser bin, ist zum Glück wieder Zeitlupe angesagt. Meistens spritzt und platscht es ein paar Millisekunden später gleich nochmal, wenn sich Amico neben mir in die Fluten wirft. Paolo lässt sich lieber Zeit. Wenn er bei uns ankommt, sind wir beide schon abgekühlt und ich kann auch wieder klar denken. Na ja. Klarer. So richtig klar denke ich zurzeit sowieso nicht. Erst recht nicht, wenn Paolo in meiner Nähe ist. Es ist mehr so, als würde mein Gehirn auf den blauen Wellen hin- und herschaukeln. Mit den Fischen tauchen. Oder mit den Sternschnuppen in den Himmel aufsteigen. Einfach so, als hätte mein Gehirn auch Urlaub.

Während ich also mit Amico in der Meeresbadewanne abkühle, kann ich Paolo dabei beobachten, wie er sich extra langsam den Hang hinunter bewegt. Ihm ist es viel zu heiß, um so zu rennen wie wir. Wie gesagt, ich habe keine Wahl. Wenn ich Wasser sehe, muss ich los.

Aber erst, wenn Paolo bei uns im Wasser ist, ist es perfekt. Eine Wasserschlacht macht nur Spaß, wenn wir zu dritt sind (oder noch besser, wenn alle da sind), aber ansonsten bin ich mit Paolo am allerliebsten alleine. Dann fühle ich mich nicht so beobachtet. Also, es ist nicht so, dass wir jetzt ein superduper Liebespaar sind, die ganze Zeit rumknutschen und sonst nichts zu tun wissen – und ich schwöre, ich habe noch nicht ein einziges Mal zu Cora oder Emily gesagt, wie *süüüüüß* ich Paolo finde – aber es ist natürlich trotzdem anders als mit den Jungs aus meiner Klasse. Es ist schön, wenn Paolo meine Hand hält. Es ist schön, wenn er mich so besonders anschaut. Und es ist auch besonders schön, wenn er einfach nur da ist. Matteo und Luca warten morgens immer, bis Cora und Emily ausgeschlafen haben, und kommen erst ein bisschen später zu uns. Dafür begleiten die Mädchen die beiden Jungs gegen vier zurück ins Dorf, weil Matteo und

Luca dann im Restaurant oder im Garten helfen müssen. Paolo muss nur nach Amico schauen, und das kann er schließlich überall. Das heißt, bis sie kommen und wenn sie dann wieder im Dorf sind, sind wir alleine. Ich muss nicht mehr wandern und Paolo wird nur gebraucht, wenn Nonno zum Weinberg fahren will oder Nonna ein neues Gericht ausprobiert hat und einen Testesser sucht. Da komme ich natürlich mit. Ganz uneigennützig. Meine Augen sehen, meine Haut fühlt, meine Ohren hören und mein Herz schlägt. Hab ich was vergessen? Oh ja: Und mein Mund schmeckt! Pizza, Meloneneis, selbstgemachte Limonade, Salzwasser – und Paolo. Wenn wir im warmen Sand liegen und die Sonne auf uns herunterscheint, ich die Augen geschlossen habe und denke (unglaublich aber wahr, manchmal denke ich schon noch), wie schön es wäre, wenn Paolo mich doch noch einmal küssen würde, so wie neulich nachts oder gestern oder … dann spüre ich oft seine Lippen auf meinen. Kurz und sanft. Und wunderschön. Und es schmeckt nach Sommer. Mit allem Drum und Dran. Einfach perfekt.

Manchmal schauen wir die wenigen weißen Wolken an, die ganz weit oben am Himmel über uns hinwegziehen. Aber Wolken gibt es wirklich super selten und wenn, dann ganz weit oben und nur so, als ob der Himmel einfach auch mal was anderes anziehen wollte, als immer nur einfarbig knallblau. Steht ihm beides, finde ich. Ab und zu versuchen wir auch, Krebse oder Hummer zu fangen, weil Nonno behauptet hat, dass Nonna daraus das beste Hummerrisotto der ganzen Insel macht. Ich bin mir nicht sicher, ob ich so was überhaupt essen könnte. Immerhin hätte ich ja dann den Hummer vorher gefangen und ihn einfach so Nonnas Kochtopf ausgeliefert. Der arme Hummer! Aber ich will Nonno auch nicht die Freude verderben. Als er uns nämlich von diesem Hummerrisotto erzählt hat, haben seine Augen so hell geleuchtet wie mein Funkelstern Susosa höchstpersönlich. Überhaupt ist Essen hier ja fast genauso wichtig wie Baden, Sterneschauen und Lachen, scheint mir. Einen Hummer zu fangen, fände ich ja schon ziemlich cool, aber ich würde ihn sofort wieder freilassen. Paolo tut immer so, als wüsste er genau, wie das geht, aber ich glaube, er hat keine Ahnung. Soweit ich weiß, braucht man für Hummer Reusen. Und wir haben (wenn überhaupt) immer nur eine Angel dabei. Aber egal. Hauptsache, wir haben einen Grund, auf den Felsen rumzukraxeln.

Ich bin übrigens immer noch Sonntag. Huldigung inklusive.

Meine Eltern finden diesen Urlaub auch spitze. Wenn sie wandern gehen, stehen sie vor uns auf und wir treffen sie dann erst wieder abends bei Nonno und Nonna. Und wenn nicht, kommen sie mit uns an den Strand. Total erstaunlich finde ich übrigens, dass man abends immer wieder Hunger hat, obwohl man tagsüber ein spektakuläres, von Nonna gemachtes Picknick gegessen hat. Und zwar ohne einen winzigen Krümel übrigzulassen.

Mittlerweile habe ich fast die ganze Speisekarte durchgegessen. Wobei: Eine Speisekarte gibt es bei Nonna gar nicht. Sie kocht immer, was ihr in den Sinn kommt oder ihr morgens im Garten begegnet. Was es immer gibt, sind Spaghetti mit Krabben oder so ein seltsames Essen mit hauchdünnem Brot, Tomatensauce, Spiegelei und Schafskäse drüber. *Pane Frattau* heißt das. Eine typische sardische Spezialität und super köstlich, sagen Nonno, Mama und Papa. Also, ich weiß nicht recht ... Spiegelei und Tomatensauce? Schafskäse gibt es natürlich in allen Schärfegraden und viel Fleisch. Auf beides kann ich gut verzichten. Aber weil Nonna ja ihren eigenen Ofen im Garten hat, gibt es immer auch Pizza. Die Lieblingspizza von Nonno mit dem scharfen Pecorino und dem Honig habe ich allerdings immer noch nicht probiert. Nur an diesem Käse zu riechen, ist schon eine Mutprobe für mich. Ich esse einfach am liebsten Pizza Margherita. Langweilig? Nicht die Bohne! Das ist die beste Pizza der Welt! Und sie schmeckt total anders als in Deutschland. Die Tomaten sind hier nämlich tomatiger. Das Basilikum basilikumiger und der Käse – logisch – käsiger. Sowieso. Eine Pizza Margherita von Nonna schmeckt wie Meloneneissommer auf knusprigem Hefeteig. Echt wahr!

Ja, so hätten die letzten Tage vergehen können. Gechillt. Entspannt. Perfekt. Aber das Leben einer echten Suki Wassermann ist nicht so. Ein Tag, der so verlaufen ist wie geplant? Herzlichen Glückwunsch! Aber nicht sehr wahrscheinlich. Hätte ...? Können ...? Pustekuchen.

Eher verlaufen die Tage überraschend. Mal mit gutem, mal mit nicht ganz so gutem Ausgang. Aber wie gesagt, immer anders.

Heute haben Mama und Papa Paolo und mich zu unserer Bucht begleitet. Das ist schön, nur eben anders als alleine. Mehr Federball. Mehr Klettern. Mehr Essen. Weniger Küssen. Ähem …

Wenn Mama und Papa dabei sind, lese ich sogar ab und zu in meinem Buch. Ich bin mittlerweile immerhin auf Seite zwölf! Aber ich darf ja auch nichts verpassen. Wer weiß schließlich schon, ob die anderen nicht was Tolles machen, während ich an meinen Seiten klebe? Eben.

Jedenfalls schnorchelt Paolo mit Papa an den vorgelagerten Riffen, um ihm die Muschelbänke und die Korallen zu zeigen. Ich bin ein bisschen neidisch, weil ich total gern dabei wäre, aber gleichzeitig bin ich auch stolz, weil sich die beiden so gut verstehen. Dabei ist es ja nicht mein Verdienst oder so. Ich freue mich nur, weil ich beide so sehr mag. Immer wieder tauchen sie auf und erzählen sich gegenseitig ganz aufgeregt irgendwas. Jedenfalls gestikulieren sie wie wild. Mama schläft. Vorher hat sie mir den Rücken eingecremt und gleich noch eine Massage eingebaut. Ich liiiiiebe Mamas Massagen. Dann hat sie ein bisschen in Papas Italienisch-Buch geblättert und mir ein paar Vokabeln vorgelesen. Bis b wie »bene«, also »gut« und »basta«, »Schluss!« ist sie gekommen. Und dann hat sie das Buch zur Seite gelegt und was von einem Mittagschläfchen gemurmelt. Ist nicht so weit her mit Mamas Italienisch. Aber egal, wir sind schließlich im Urlaub. Es ist höchstens elf Uhr, aber in den Ferien darf man ja wohl schlafen, wann man möchte, oder? Sonst wären es ja keine richtigen Ferien.

Nachher wollen wir noch oben in dem kleinen Wäldchen Pinienzapfen sammeln. Damit können wir heute Abend an Nonnos Feuerstelle im Garten ein Feuer machen, das ganz besonders gut riecht. Paolo hat gesagt, wir könnten zum Nachtisch Pfirsiche grillen. Die Sarden, echt. Pfirsiche grillen – hat man so was schon mal gehört? Schmeckt angeblich super mit Vanilleeis. Wenigstens zur Abwechslung mal ohne Käse. Jedenfalls ist Pinienzapfen sammeln und Pfirsiche grillen der Plan für heute.

Oder besser gesagt: Das *war* der Plan.

Ich schaue gerade wieder über die Seite zwölf nach den Schnorchlern, da sehe ich aus dem Augenwinkel jemanden ziemlich schnell den Pfad herunter laufen. Sieht aus wie Matteo. Wollte der nicht eigentlich mit Cora, Emily und Luca an den großen Strand?

»Paolo! Paolo!«, ruft er. Hört sich auch wie Matteo an. Und er rennt. Auf jeden Fall ist er schneller als ich mit meinem Magnetismus, und das will echt was heißen. Irgendetwas stimmt nicht. Matteo rennt nie! Auch wenn er wirklich ein fleißiger Kellner ist, er bewegt sich in seinem eigenen Tempo: total cool, gechillt und eher langsam. Wenn er rennt, muss also etwas Besonderes passiert sein.

Amico fängt an zu bellen und rennt Matteo schwanzwedelnd entgegen. Mama wacht auf und blinzelt. »Wa... Was?« Genau wie ich braucht sie nach dem Aufwachen immer eine Weile, bis sie kapiert, was um sie herum passiert.

»Paolo! Paolo!« Matteo kommt laut rufend näher. Ich stehe auf, klopfe mir den Sand von der Bikinihose und gehe ihm entgegen. Hoffentlich ist nichts Schlimmes passiert!

»Was ist los, Matteo? Wo sind die anderen?« Sofort denke ich wieder an Emily und unser Erlebnis vor ein paar Tagen.

Atemlos kommt er bei mir an. »Weißt du, wo Paolo ist?«

»Äh, ja. Schwimmen?« Ich schaue ihn vermutlich wenig intelligent an. Wo soll Paolo sonst sein? »Wo ist Cora?«

Matteo ist völlig aufgelöst. Er schwitzt und keucht.

Mittlerweile ist Mama auch aufgestanden und zu uns gekommen.

»Matteo? Alles in Ordnung?« Besorgt schaut sie ihn an.

»Nein. Nichts ist in Ordnung.« Er stützt seine Hände auf den Knien ab, um besser Luft holen zu können, und atmet stoßweise ein und wieder aus.

»Warte, ich hol dir erst mal was zu trinken«, sagt Mama und geht zurück zu unserem Platz. Mit einer Wasserflasche kommt sie wieder. Sie öffnet sie und gibt sie Matteo.

»Hier. Und jetzt erzähl mal. Was ist denn los?«

Matteo trinkt gierig ein paar Schlucke und wischt sich dann den Mund ab. Ungeduldig warten wir, bis er einigermaßen sprechen kann.

»Mit Cora und Emily ist alles in Ordnung.«

Gott sei Dank! Ein riesiger Stein fällt mir vom Herzen. Mama atmet auch erleichtert auf.

»Aber mit Nonna nicht!« Matteo schnauft und keucht und dann erzählt er weiter. »Also: Heute Morgen ist Nonno mit dem Pritschenwagen zum Markt in die Stadt gefahren. Das macht er immer montags und donnerstags. Da kauft er alles, was nicht im Garten wächst. Fleisch und so. Käse und Fisch kauft er direkt vom …«

Ungeduldig unterbreche ich ihn »… und dann?« Ich nehme nicht an, dass er den ganzen Weg hierher gerannt ist, nur um uns zu erzählen, woher Nonno die leckeren Fische hat, die Nonna immer grillt.

Verwirrt schaut Matteo mich an. »Ach so, ja. Und dann … Dann ist er eben wie immer nach dem Frühstück los. So gegen acht. Oder nein, heute war es neun, weil …«

Genervt verdrehe ich die Augen. Gechillt ist gar kein Ausdruck!

»Matteo! Komm zum Punkt!« Mittlerweile ist auch Mama nervös. »Ja, aber das ist wichtig, weil es alles durcheinandergebracht hat! Wenn du mich nicht ständig unterbrechen würdest, wäre ich schon längst fertig!« Oh. Matteo kann anscheinend nicht nur *süüüß*, sondern durchaus auch selbst genervt schauen.

»Okay, okay, ich halte ab jetzt den Mund. Ehrenwort.« Ich versuche es zumindest. Er wirft mir einen warnenden Blick zu. »Also. Nonno kam später los, weil meine Mutter aus Deutschland angerufen hat, um zu sagen, dass sie erst in drei Wochen kommen können, weil Papa so viel Arbeit …« Fragend schaut er zu mir.

Nein, ich sage nichts und ich trete ihn auch nicht gegen sein Schienbein, obwohl ich dazu große Lust hätte. Noch nie hat jemand eine Geschichte so kompliziert und so ausführlich erzählt wie Matteo. Und wir wissen immer noch nicht, was los ist.

»Matteo?« Ich glaube, Mama wird auch langsam ungeduldig.

Matteo beschattet seine Augen mit der Hand und zeigt aufs Meer. Hinter der Felsbadewanne ist ein kleiner Absatz, auf dem man stehen kann. Da reicht einem das Wasser nur bis zu den Knien. Dort stehen Papa und Paolo jetzt und beugen sich über irgendetwas, das Papa in den Händen hält.

»Paolo!«, ruft Matteo.

Die beiden sind so gebannt von ihrem Fund, dass sie nichts um sich herum mitkriegen. Außerdem hat Amico wieder angefangen zu bellen.

»Schh, Amico«, sage ich. »Platz!« Amico lässt sich prompt direkt neben meinem Bein nieder. Wow! Das hat noch nie geklappt! Normalerweise hört er nur auf Nonna, weil die ihn auch erzogen hat. Bestochen, nennt Nonno es, und zwar mit leckerem Essen. Genau wie dich, sagt Nonna dann immer zu ihm und grinst.

»Paolo!« Matteo ist zu leise. Mama und ich rufen mit. Endlich schauen die beiden auf. Wild wedelt Matteo mit den Händen, um Papa und Paolo zu signalisieren, dass sie kommen sollen. »Kommt! Zurück! Kommt! Zurück!«, brüllen wir gemeinsam. Kurz schauen sie sich an, dann werfen sie das, was sie da in den Händen hatten, ins Wasser und stürzen sich geradezu ins Meer. Superschnell sind sie bei uns. Wobei Papa sogar noch ein paar Armlängen Vorsprung hat. Von wem ich das Schwimmtalent habe, ist ja auch kein Geheimnis. Papa war früher auch in der Schwimmstaffel seiner Schule. Die wenigen Meter vom Strand zu uns laufen sie um die Wette. »Was ist denn?« Erwartungsvoll schauen uns Papa und Paolo an.

»Tja, Matteo, jetzt das Ganze nochmal von vorne.« Mama wirft ihm einen aufmunternden Blick zu. Oh nein. Von vorne? Dann wissen wir vermutlich morgen früh immer noch nicht, was eigentlich los ist. Sardische Geschichten sind immer lang und kompliziert, hat Nonno mal gesagt. Jetzt weiß ich, was er damit gemeint hat. Angeblich sind sie aber auch ganz besonders spannend. Auch das kann man wohl sagen, was?

Schnell fange ich an zu sprechen. Ich weiß, dass das nicht gerade höflich ist, aber ich will jetzt endlich hören, was mit Nonna ist. Das hier ist ja nicht zum Aushalten! »Zusammenfassung: Nonno ist später auf den Markt gefahren als sonst. An diesem Punkt der Geschichte waren wir gerade. Und jetzt weiter, Matteo.« Ich knuffe ihn mit dem Ellenbogen in die Seite.

»Los, erzähl!«, sagt auch Paolo aufgeregt und schaut fragend von ihm zu mir und wieder zurück. Ich zucke entschuldigend mit den Schultern. Wenn ich wüsste, was los ist, hätte ich es längst rausgelassen. Jeder kann spüren, dass etwas nicht in Ordnung ist. Matteos Art ist zum Verrücktwerden, echt.

Nach einer gefühlten Ewigkeit spricht Matteo endlich weiter: »Nonno nimmt nie sein Handy mit. Und wenn, ist es aus. Er benutzt es nur, wenn er selbst jemanden anrufen will. Also hat er es auch heute nicht dabei gehabt, als Marco, unser Nachbar, ihn anrufen wollte.«

»Und warum wollte er ihn anrufen?« Ich halte das nicht mehr aus, echt! MANN!

»Du hast doch versprochen, dass du still bist, Suki!« Böse schaut Matteo mich an. Immerhin redet er trotzdem weiter.

»Es war nämlich so: Nonna hat festgestellt, dass sie überhaupt keinen Salbei mehr hatte. So etwas geht Nonna normalerweise nie aus, aber so war es eben. Und sie brauchte auch noch Eier. Und ganz viel Ricotta, für die Seadas. Diese superleckeren gefüllten Teigtaschen. Ihr wisst schon, die mit dem Honig?« Fragend schaut er uns an. Mit offenem Mund starren wir zurück. Geht's noch? Vielleicht ist ihm irgendetwas auf den Kopf gefallen? Oder er hat einen Schock? Wie sonst sollte man erklären, das wir nun mittlerweile beim Speiseplan für heute Abend angekommen sind, dafür aber noch immer nicht wissen, was mit Nonna los ist?

»Jedenfalls hat sie ihn nicht erreicht und dann ist sie einfach auf ihre Vespa gestiegen und ihm hinterher gefahren.«

Beleidigt schaut er mich an, so als wolle er sagen: »Hier hast du deine Geschichte.« Aber ich kapiere es immer noch nicht. Das, was er uns da erzählt hat, reicht gerade für ein »Äh, na und?« von mir.

»Und deshalb bist du hierher gerannt, als ob der Teufel hinter dir her wäre?« Papa versteht ihn offensichtlich auch nicht so richtig.

»Nein, Quatsch, doch nicht deshalb!« Matteo reißt empört die Augen auf. »Ich bin hier weil ... Also: Nonna hat gedacht, dass sie Nonno auf dem Markt begegnet, aber sie hat ihn verpasst. Auf den Ricotta, die Eier und den Salbei wollte sie natürlich trotzdem nicht verzichten, und deshalb hat sie die Tüten einfach an den Lenker gehängt und ist wieder nach Hause gefahren.«

Oha. Jetzt kommen wir der Sache schon näher. Ich habe einmal gesehen, wie Nonna Vespa fährt. Nur zur Erinnerung: Nonna ist ungefähr so groß wie ich, also einen Meter sechzig. Sie wiegt aber vermutlich doppelt so viel. Wie sie überhaupt eine Vespa besteigen kann, ist mir ein totales Rätsel! Als sie Paolo und mir neulich auf dem Weg zu unserer Bucht entgegen kam, war das schon ohne viele Einkaufstüten am Lenker gefährlich. Für sie selbst, aber auch für alle Fußgänger, die ihr unterwegs begegnet sind. In jenem Fall für Paolo und mich. Sie war so begeistert davon, uns zu sehen, dass sie wie verrückt gewunken hat. Die schlingernde Vespa konnte sie zwar gerade noch wieder zurück in die Spur bringen, aber ich habe immer noch zerkratzte Beine von unserem Sprung in die Macchia. Nonna hatte echt Glück, dass es keinen Gegenverkehr gab. Wenigstens trug sie einen Helm. Ich hoffe, das war heute auch so.

»Nonna hat gesagt, es wäre nicht ihre Schuld gewesen. Sie sei ganz normal gefahren.« Was auch immer das heißen mag. Nicht das, was wir unter »normal« verstehen, jedenfalls.

»Und dann sei plötzlich dieses riesige Schlagloch vor ihr aufgetaucht. Und der ganze Gegenverkehr …« Gegenverkehr? Auf dieser Straße fährt kein Mensch. Nie. Da muss man richtig lange am Straßenrand stehenbleiben, bis man mal ein anderes Fahrzeug sieht. Was auch immer Nonna gemacht hat, das hier riecht nach einer handfesten Ausrede.

»Um es kurz zu machen …« Das ich nicht lache! Oder eher doch nicht.

»… sie ist gestürzt. Zum Glück für sie konnte sie sich abrollen, aber sie hat sich trotzdem verletzt. So sehr, dass sie nicht selbstständig wieder aufstehen konnte. Sie musste also liegenbleiben, bis jemand kam und ihr geholfen hat, und das hat eine ganze Weile gedauert.« Sag ich ja. Da kommt nie einer vorbei. Aber das ist ja jetzt auch nicht wichtig. Wichtig ist nur: »Hat sie sich schlimm verletzt?« Arme Nonna!

»Ist was gebrochen?«

»Wie geht es ihr?«

»Wo ist sie?«

Wir reden alle durcheinander.

»Marco hat sie gefunden und sie gleich ins Krankenhaus gebracht. Da ist sie noch. Nonno hat keine Ahnung, von nichts, weil er ja das Handy nicht dabei hat und vermutlich noch bei seinem Fischerfreund Pietro vorbeigegangen ist. Das kann dauern. Zum Glück war ich zufällig noch zu Hause, weil ich noch was zu essen richten wollte, als das Telefon geklingelt hat. Sonst wüsste ich auch nichts. Luca und die Mädels sind am Strand und wundern sich vermutlich, warum ich noch nicht zurückgekommen bin. Marco wollte Bescheid sagen, sobald es etwas Neues gibt, deshalb will ich auch schnell wieder zurück. Der Akku von meinem Handy war leer. Jetzt lädt es zwar, aber eben bei Nonna im Haus!« Unglücklich schaut er in die Runde. »Und, als ob das nicht alles schon schlimm genug wäre: Das Restaurant öffnet in zwei Stunden! Was soll ich denn jetzt machen?« Verzweifelt schaut er uns an.

»Ganz langsam. Ich muss kurz nachdenken.« Papa reibt sich mit dem Zeigefinger über den Nasenrücken. Sieht jedenfalls lustig und sehr nachdenklich aus. Oft genug hat er dann danach eine sehr ausgefeilte, aber auch sehr komplizierte Idee. Ist ein bisschen wie beim Autobeladen. Es dauert und dauert, aber hinterher ist es perfekt. Aber so lange will Mama nicht warten. Auch das ist wie beim Autobeladen. Ihre Lösungen sind spontan, wenig durchdacht, pragmatisch und werden sofort umgesetzt.

Mir egal, was passiert – Hauptsache, etwas passiert. Schnell. Arme Nonna. Ich kann gar nicht klar denken. Ein Unfall! Ich bin so unendlich froh, dass Mama und Papa ausgerechnet heute nicht wandern sind. Arme Nonna! Hoffentlich ist nichts Schlimmes passiert. Wenn es nichts Schlimmes ist, lästere ich nie wieder über ihren Fahrstil, nehme ich mir insgeheim vor. Und ich fluche nie wieder, auch nicht in Gedanken! Versprochen!

Während Papa immer noch an seiner Nase reibt, hat Mama eine Idee. »Wir laufen jetzt alle zurück. Paolo und Suki, ihr geht an den Strand und informiert Cora, Emily und Luca. Stephan, du fährst in den Ort zu Pietro. Matteo, du weißt doch, wo er wohnt, oder?« Matteo nickt. »Und du kannst es auch einigermaßen … zügig erklären?« Mama grinst und Matteo nickt wieder, wehrt sich aber nicht gegen Mamas Spott. Wir alle sind wohl dankbar dafür, dass sie das Kommando übernommen hat. Wie gut, dass wenigstens einer hier klar denken kann. Ehrlich gesagt hätte ich jetzt auch nicht unbedingt gewusst, was zu tun ist.

»Sehr gut. Du sammelst Nonno ein und dann fahrt ihr gleich weiter ins Krankenhaus. Und wir beide …« Sie schaut wieder Matteo an. »Wir gucken mal, ob wir aus dem, was Nonna heute morgen schon vorbereitet hat, ein Mittagessen zaubern können. Und wenn nicht, dann bleibt das Restaurant eben geschlossen. Basta.« Sie grinst und streicht sich die Haare aus dem Gesicht. »E Bene?« Na, das nennt man angewandten Sprachkurs, was? Mama lächelt Matteo mitleidig an und klopft ihm auf die Schulter. »Wir kriegen das hin, Matteo. Mach dir nicht so große Sorgen. Und Nonna hat einen Dickschädel, oder? Es wird schon nichts allzu Schlimmes sein. Komm. Lass uns einpacken und zurückgehen. Je früher wir was tun, umso besser geht es dir. Und uns allen.«

Matteo lächelt zaghaft zurück. So unsicher habe ich ihn noch nie erlebt. Aber die Sorge um Nonna steht ihm deutlich ins Gesicht geschrieben. Das muss echt ein Schreck gewesen sein.

Paolo hat noch gar nichts gesagt. Seine Augen sind ganz dunkel und er sieht sehr erschrocken aus. Stumm sammelt er seine Sachen auf und packt sie in seine Tasche, während Amico nicht von seiner Seite weicht. Oje. Der Arme.

»Paolo …?« Ich greife nach seiner Hand. »Kann ich …?« Ja, was kann ich denn schon tun? In so einer Situation? Nichts. Mist. Manchmal ärgert es mich wirklich, noch so jung zu sein. Hätte ich einen Führerschein, könnte ich Paolo jetzt ins Krankenhaus fahren. Könnte ich kochen, könnte ich das Restaurant schmeißen, bis Nonna wieder gesund ist. Wäre ich erwachsen, wüsste ich bestimmt, was zu tun ist. Oder wenigstens, wie ich Paolo trösten kann.

»Schon gut.« Er lächelt traurig. Meine Hand nimmt er aber nicht. »Danke. Ich … Ich geh schon mal voraus, ja?«

Er lässt mich stehen und schaut mich noch nicht einmal mehr an. Schnell überquert er den Kies und fängt an, den Berg hochzulaufen. Amico läuft voraus. Hab ich ihm was getan?

»Lass ihn.« Papa ist hinter mich getreten und hat den Arm um meine Schultern gelegt. »Er macht sich bestimmt große Sorgen. Und vermutlich hat er Angst um Nonna und ein schlechtes Gewissen, weil er hier war, als es passiert ist.« Er drückt mich an sich. Ich verstehe es trotzdem nicht. Wenn ich Kummer oder Sorgen oder Streit mit Paula habe (habe ich fast nie, aber wenn, meine ich) oder nicht mehr weiter weiß, dann bin ich doch froh über jemanden, der an meiner Seite ist, oder? Jemanden, auf den ich mich millionenfach verlassen kann, so wie Mama, Papa oder Cora? Aber Paolo will mich wohl dann doch nicht so nah bei sich haben. Mein Herz wird ganz schwer. Traurig schmiege ich mich an Papa. Auch wenn ich weiß, dass es hier und jetzt nicht um mich geht, verletzt es mich doch, dass Paolo anscheinend so schnell wie möglich von mir weg möchte, anstatt meine Nähe zu suchen. Vielleicht bin ich ihm ja jetzt gerade sogar lästig? Laut denke ich: »Aber ich kann ihn doch jetzt nicht einfach im Stich lassen!« Und er mich! Habe ich denn irgendetwas falsch gemacht?

»Am besten, du machst im Moment gar nichts.« Papa lächelt mich aufmunternd an. »Zur Abwechslung war Mamas Idee doch mal richtig gut.« Er grinst. »Besser hätte ich es mir auch nicht ausdenken können.« Ich lehne meinen Kopf an seine Schulter. Ach, wie gut es tut, jemanden zum Anlehnen zu haben. Und schon wieder bin ich Gedanken bei Paolo. Er hat niemanden! Dabei wäre ich so gerne dieser Jemand für ihn gewesen.

»Komm, Suki, wir gehen zurück und dann gibt es für jeden so viel zu tun, dass du gar keine Zeit zum Grübeln hast. Du wirst sehen, sobald wir wissen, was mit Nonna los ist, geht es Paolo auch wieder besser.« Er drückt meinen Arm.

Sein Wort in Gottes Ohr. Oder so. Das sagt Mama immer, wenn sie sich ganz dringend wünscht, dass irgendwas auch wirklich klappt.

Schnell helfe ich Mama, den Rest der Sachen einzupacken. Eins nach dem anderen, Suki Wassermann, sage ich zu mir selbst. Über Paolo kann ich auch später noch nachdenken. Was es wohl für ihn bedeutet, wenn man ohne Mutter und Vater unterwegs ist und plötzlich was passiert? Ob er seine Eltern vermisst? Er hat mir mal erzählt, dass seine Eltern so viel arbeiten, dass sie kaum Zeit für Matteo und ihn haben, deshalb sind die beiden Jungs in den Ferien auch immer hier. Aber wenn ihre Eltern auch da sind, machen sie immer coole Sachen zusammen. Sie gehen ins Kino, sie kochen zusammen und sie sitzen ewig am Tisch und quatschen. Wobei Paolo gesagt hat, seine Mutter könne nicht halb so gut kochen wie Nonna.

Ach Nonna … Bitte, lieber Gott, mach, dass ihr nichts Schlimmes passiert ist. Bitte!

Langsam gehen wir hintereinander den Berg hinauf. Die Sonne brennt auf unseren Schultern und der Himmel ist blau. Das Meer glitzert und es hat sich nichts daran geändert, dass dies der perfekte Platz für den perfekten Moment im perfekten Urlaub ist. Aber ganz plötzlich ist alles anders. Keiner sagt etwas und an den Pinienzapfen laufen wir vorbei, ohne einen einzigen aufzuheben.

Mit der Ruhe ist es sofort vorbei, als wir im Restaurant ankommen. Paolo hat wohl den direkten Weg zum großen Strand und zu den anderen genommen und als wir an der Eingangstür sind, erreichen auch Cora, Emily, Luca und er den Vorplatz. Aufgeregt reden alle durcheinander, während Matteo die Tür aufschließt.

Papa ergreift das Wort. »Okay, Matteo, ich brauche was zum Schreiben. Wie komme ich denn zu diesem Pietro?«

»Also …«, setzt Matteo an, als Paolo ihn unterbricht: »Das dauert doch alles viel zu lange und nachher fahrt ihr aneinander vorbei. Außerdem hat Nonno ja auch seinen Pritschenwagen dort. Soll er den dort stehenlassen? Warum ruft ihr nicht einfach an?«

»Na ja, weil …« Endlich lächelt auch Matteo ein bisschen. »… weil Nonno und Pietro gerne den Mirto testen, den Nonno selbst macht. Und dann testen sie noch den Mirto, den Pietro immer macht. Und dann …« Er zieht seine Augenbrauen hoch und grinst. »… und dann sollte Nonno vermutlich nicht mehr Auto fahren. Wenn er aber mitkriegt, dass was mit Nonna ist, dann steigt er bestimmt sofort in den Wagen. Und das will ich nicht. Nachher sind beide im Krankenhaus.«

»Okay. Dann fahre ich mit. Ich kenne den Weg und wir können gleich los. Stephan verfährt sich sonst vielleicht. Pietro wohnt schließlich total abgelegen«, erklärt Paolo.

»Dann machen wir es so«, sagt Papa. »Das ist mir auch lieber. Gehen wir, Paolo.« Er zwinkert mir zu. »Ich brauche wirklich dringend einen Fremdenführer. Und einen Übersetzer auch.« Ich weiß, was er denkt. Mein guter Papa. Er will Paolo schnell zu Nonna bringen. Und er will ihm die Gelegenheit geben, sich bei ihm Trost zu holen, wenn er mag. Manchmal braucht man unbedingt Freundetrost. Aber manchmal vielleicht auch den von einem Erwachsenen. Und nachdem Paolo und Papa heute am Strand so viel Zeit miteinander verbracht haben, passt das bestimmt ganz gut. *Danke,* schicke ich mit meinen Augen und meinen Gedanken zu ihm.

Die beiden brechen auf, während Mama und Matteo schon in der Küche verschwunden sind.

Cora, Emily und Luca sind wohl auch dort, dem Gegacker nach zu urteilen. »Wie schneidet man denn Tomaten so klein, Mama? Das geht doch überhaupt nicht!«, beschwert sich Cora, gerade als ich durch die Tür komme. Das kann ja heiter werden. Meine Schwester kann echt viel, aber ich glaube, Kochen gehört nicht unbedingt zu ihren Stärken. Matteo lacht und nimmt ihr das Messer aus der Hand, während Mama die Augen verdreht. »Wenn wir so weitermachen, kriegen wir noch nicht mal ein anständiges Bruschetta hin. Matteo, wie viele Leute kommen denn mittags immer so ungefähr zum Essen, damit ich weiß, womit ich hier rechnen muss?«

Matteo überlegt nicht lange.

»Also mittags sind es nicht so viele. Ungefähr zwanzig vielleicht.«

Mama reißt Mund und Augen auf. »Nicht so viele? Zwanzig? Wo kommen die denn alle her?«

»Können auch dreißig sein. Je nachdem, wie viele von der kleinen Bucht rüberkommen.« Ach, der gute Matteo lässt sich einfach durch nichts aus der Ruhe bringen. Wenn ich allerdings Mamas Gesichtsausdruck richtig deute, dann ist sie einem Nervenzusammenbruch nahe. Sie kann zwar ganz gut kochen, aber natürlich nicht typisch sardisch – und ich glaube, die größte Gruppe, die sie je auf einmal bekocht hat, bestand aus acht Leuten. An Weihnachten. Als Tante Susanne (von der ich den Namen habe) und Onkel Philipp und Oma und Opa bei uns waren. Ich verrate jetzt auch nicht, dass die Gans, die sie gemacht hat, total zäh war und die Beilagen verkocht. Aber egal. Es war ein lustiges Fest und außerdem war Weihnachten. Wenn ich das jetzt erwähne, flippen Matteo und Mama vermutlich synchron aus. Hektisch wühlt Mama gerade in Nonnas Kühlschrank. Sie macht Schränke auf und wieder zu, reibt sich ratlos mit dem Zeigefinger über den Nasenrücken (oh, oh – es färbt ab. Mama hat Papas Nachdenkstrategie übernommen. Das heißt, sie ist mit ihrem Latein am Ende. Oder sollte ich besser sagen, mit ihrem Italienisch?).

»Was machen wir nur? Was koche ich nur? Was …?« Ratlos schaut sie mich an. Ausgerechnet mich. Wenn man mich fragt, besteht das optimale Menü seit zwei Wochen aus Pizza Margherita und Meloneneis. Zu Hause bin ich dafür immer für Spaghetti mit Tomatensauce. Hmmm.

Warum eigentlich nicht? Genau, das ist es doch! Nicht gerade einfallsreich, aber immerhin italienisch! Jeder mag es und Mama kann das.

Ich übertreibe nicht, wenn ich sage, dass Mama mich sehr überschwänglich drückt und herzt, nachdem ich ihr diese überaus ausgefallene Idee verkündet habe. Erstaunlich, dass sie nicht selbst drauf gekommen ist. Auch in Matteos Augen glimmt wieder Hoffnung. Cora, Luca und Emily fangen sofort an, Knoblauch und Zwiebeln zu hacken, Stangensellerie und Karotten kleinzuschneiden und darüber zu diskutieren, was sie später mal machen werden, wenn sie selber ein supertolles, italienisches megaerfolgreiches Spaghetti-mit-Tomatensauce-Restaurant führen. Die drei sind echt der Knaller. Matteo ist viel zu beschäftigt, um herumzualbern. Er holt Basilikum aus dem Garten und wuchtet dann den großen Topf auf den Herd, damit die Sauce wenigstens ein bisschen einkochen kann, bevor die ersten Gäste kommen. Dann schreibt er in seiner schönsten Schrift auf die Schiefertafel im Gastraum und auf die im Garten, dass es heute Bruschetta al pomodoro gibt und Spaghetti mit Tomatensauce aus frischen Tomaten. Ursprünglich wollten wir auch noch Salat anbieten, aber wir haben außer den Tomaten nichts gefunden, weil Nonnos Einkäufe bei Pietro liegen und die von Nonna irgendwo im Straßengraben. Tomatensalat zu Bruschetta und Spaghetti mit Tomatensauce fanden wir dann aber doch ein bisschen übertrieben.

Wir sind zu sechst. Mama, Cora, Emily, Luca, Matteo und

ich. Erst jetzt wird mir klar, was Nonna hier den ganzen Tag leistet. Alleine! Sorry, Nonno, wir wissen, du machst klasse Meloneneis, Erdbeerbaumhonig, Mirto und Rotwein, du gehst einkaufen und bist der tollste Nonno, den ich kenne (und der einzige), aber kochen? Das macht Nonna ganz alleine. Bloß wie? Wie macht sie das nur?

Als alle Gäste wieder gegangen sind (es waren insgesamt zum Glück nur siebzehn, mehr hätten wir auch nicht füttern können), fallen wir alle sechs erschöpft auf die Liegestühle im Garten. Selbst Amico legt sich unter einen der Tische in den Schatten und sieht so erledigt aus, als hätte er die Gäste höchstpersönlich bedient. Schweiß steht auf unserer Stirn und keiner von uns möchte in den nächsten dreihundert Jahren mit Tomaten – in welcher Form auch immer – behelligt werden. Na ja. Gegessen haben wir nichts von unseren Gerichten, aber die Rückmeldungen waren gut.

Ich bin erschöpft, aber auch ein bisschen froh. Anscheinend sind wir alle Improvisationstalente und natürlich ein gutes Team! Sonst hätte das niemals so gut geklappt.

Zwischendrin hat das Telefon geklingelt. Papa war dran und hat uns gesagt, dass Nonna sich zum Glück »nur« die linke Hüfte geprellt und den linken Fußknöchel verstaucht hat. Ihr linkes Handgelenk ist angebrochen. Aber der Kopf ist okay, dem Helm sei Dank. Dafür hat Nonno einen Schock, weil er sich so erschrocken hat, als Papa und Paolo plötzlich vor ihm standen. Sie konnten ihn kaum beruhigen. Eine Nacht muss Nonna im Krankenhaus zur Überwachung bleiben, aber wenn alles so bleibt, darf sie morgen schon nach Hause. Wenn sie sich an die Regeln hält. Und die sind: Beine hoch. Nichts tun. Ausruhen.

Au weia. Nicht gerade Nonnas Stärken.

Ich denke, in einer halben Stunde werden Papa, Paolo und Nonno hier sein. Bis dahin müssen wir unbedingt noch ein bisschen ausruhen. Und danach Pläne schmieden, wie es weitergeht.

»Das hat ja echt gut geklappt«, fängt Mama plötzlich an, aber fröhlich klingt das nicht gerade. »… aber erstens haben wir für heute Abend keine Tomaten mehr und zweitens …« Sie stützt sich auf ihrem Ellbogen ab und schaut in die Runde: »Selbst wenn, habe ich keine Ahnung, wie wir das alles schaffen sollen!« Sie macht mit ihrem Arm eine ausholende Bewegung in Richtung all der Tische, auf denen immer noch die rot-weiß karierten Tischdecken liegen und teilweise sogar noch die Teller und Gläser vom Mittagessen stehen. »Heute Abend kommen noch mehr Gäste, ich habe keine Ahnung, was ich kochen soll, und ich bin jetzt schon völlig am Ende!« Mutlos lässt sie ihre Schultern sinken. Mama am Ende? Oha. Das kommt wirklich so gut wie nie vor. Jetzt werde ich auch unsicher. Ich war so begeistert davon, wie gut wir das Mittagessen improvisiert haben, dass ich mir über heute Abend nicht einen einzigen Gedanken gemacht habe. Ich schaue zu Matteo. Er sitzt auf seinem Liegestuhl und hat das Gesicht in den Händen vergraben.

»Matteo?« Cora setzt sich zu ihm und legt den Arm um

seine Schultern. »Wenn Nonna erst mal da ist, überlegen wir weiter. Mach dir nicht allzu große Sorgen. Wir finden schon eine Lösung.« Obwohl sie sich sehr bemüht, ihn zu trösten, schüttelt er nur den Kopf und schaut sie noch nicht einmal an. Was ist bloß mit diesen Jungs los? Zuerst Paolo und jetzt auch noch Matteo – ist das normal? Klar ist es schlimm, dass Nonna sich verletzt hat, aber immerhin hatte sie Glück im Unglück und …

»Schau mal«, versucht es jetzt auch Emily. »Die Hauptsache ist doch, dass nichts wirklich Schlimmes passiert ist und sie sogar morgen wieder nach Hause kann!« Eben. Kopf hoch, Matteo. So finden wir schließlich auch keine Lösung, denke ich, halte aber die Klappe, schließlich bringt es vermutlich nichts, wenn ich ihn jetzt unter Druck setze. Aber ich verstehe ihn trotzdem nicht so ganz. Man kann doch nicht einfach aufgeben?

»Ihr habt ja keine Ahnung.« Er seufzt. Oje. Das hört sich schon wieder nach einer längeren Geschichte an. Ob uns die nächsten zwanzig Minuten dafür reichen?

Bevor er weitersprechen kann, hören wir jedoch Papas Auto auf den Vorplatz fahren und dann auch seine Stimme hinter der Mauer. Er, Paolo und Nonno treten durch den Torbogen und bleiben stehen. Mama winkt nur müde. Papa zieht die Augenbrauen hoch und grinst. »Was ist denn mit euch los?«

»Hi Dad«, sagt Cora. Auch sie schaut nur kurz auf. Ich lächle zaghaft zu Paolo hinüber. Immerhin sieht er mich jetzt wieder an. Er hebt kurz die Hand und lächelt. Mir wird ganz warm ums Herz, als ich ihn da stehen sehe. Verloren sieht er aus, auch wenn Papa die Hand auf seiner Schulter hat und Nonno direkt neben ihm steht. Gar nicht mehr so sehr wie der coole Fünfzehnjährige, der Fische mit der Hand fangen kann und schneller klettert als jede Bergziege, der Sternbilder kennt und dessen Hand sich so gut in meiner anfühlt.

Paolo setzt sich auf den Liegestuhl neben Matteo und auch Papa lässt sich nieder. Nonno geht wortlos in die Küche und kommt mit einer Flasche Mirto zurück. Oh, oh. Das sieht nicht gut aus. Wenigstens schenkt er sich und Papa zuerst einmal ein großes Glas Wasser aus dem Krug ein, bevor er sich einen Mirto genehmigt.

»Was wolltest du uns erzählen, Matteo?« Mama greift das Gespräch von vorhin wieder auf.

Matteo legt seinen Arm um Paolo und fährt mit seiner Geschichte fort: »Ach so. Ja.« Matteos Arm um Paolos Schulter gefällt mir. Geschwister sollten gut zueinander sein, richtig? Wie schön, dass die zwei sich haben. Und wie schön, dass ich Cora habe, denke ich und schicke ihr ein Lächeln quer über den Hof. Wenn man jemanden hat, auf den man sich verlassen kann, dann kann einem doch fast nichts mehr passieren, oder? So lange man nicht alleine ist, ist man auch sicher. Plötzlich bin ich zuversichtlich. Egal, was passiert, wir werden eine Lösung finden. Davon bin ich überzeugt. Und wer weiß? Vielleicht fällt ja sogar mir mal etwas sehr

Kluges ein. Etwas jenseits von Tomatensauce, meine ich. Etwas, was dafür sorgt, dass die beiden Jungs da drüben wieder dieses umwerfende Strahlen in ihrem Gesicht haben, das scheinbar alle Wassermann-Mädels dahinschmelzen lässt. Aber jetzt will ich erst mal wissen, was hinter diesen traurigen Gesichtern steckt.

»Nonno und Nonna sind ja nicht mehr die Jüngsten«, sagt Matteo und schaut unsicher zu Nonno.

»Tsss!«, sagt der und runzelt missbilligend die Stirn. Dann schüttelt er den Kopf und schenkt sich gleich nochmal einen Mirto ein. Ich habe noch nicht ganz durchschaut, wie gut er eigentlich wirklich Deutsch kann, aber ich habe den Eindruck, dass er immer ganz genau versteht, was wir sagen. Er selbst spricht vor allem wenig, egal ob Deutsch oder Italienisch. Aber wenn, dann ist es entweder unglaublich witzig oder sehr treffend oder beides. Er macht keine überflüssigen Worte, soviel ist gewiss, aber was er sagt, hat Hand und Fuß. Und er lacht unglaublich gern. Dieses Lachen ist das fröhlichste, ansteckendste Geräusch, das ich jemals gehört habe. Gegen Nonnos Lachen ist sogar Paulas Lachen wie ein lauer Sommerwind gegen einen Sturm.

Nonna hingegen redet wahnsinnig gerne. Meistens ein italienisch-deutsches Mischmasch. Und auch sie lacht mit dem ganzen Körper. Wenn Nonna lacht, wackelt alles. Der Bauch, der Busen, der Kopf. Meistens wedelt sie dabei noch mit den Händen vor ihrem Gesicht herum, weil sie beim Lachen auch immer heulen muss. Meine Güte, dieses Lachen.

Beinahe hätte ich das Nonno- und Nonnalachen bei meinen Lieblingsurlaubsgeräuschen vergessen. Zu denen gehört auch Grillenzirpen, Wellen-auf-den-Strand-schlagen, nächtliche Stille und natürlich Paolos Stimme, wenn er meinen Namen sagt.

Aber zurück zu Nonno und Nonna.

»Mama und Papa machen sich schon lange Sorgen um die beiden. Weil sie wissen, wie viel Arbeit das hier ist. Weil sie es nicht gut finden, dass im Sommer so viel zu tun ist und im Winter keiner da ist, der nach ihnen sieht. Weil sie schon lange sagen, dass es besser wäre, die beiden kämen nach Deutschland. Aber Nonna und Nonno wollen das nicht.«

Jetzt nickt Nonno bekräftigend. »Si!« sagt er nachdrücklich. Und dann sagt er »No!« und schüttelt den Kopf. Er greift nach der Mirto-Flasche. Normalerweise trinkt Nonno abends nach dem Essen ein einziges Glas von dem kräftigen Kräuterlikör. Und vielleicht einmal in der Woche einen oder zwei mit seinem Freund Pietro. Dass er jetzt innerhalb der letzten fünfzehn Minuten schon beim zweiten ist, zeigt deutlich, wie außer sich er ist. Armer Nonno. Als er sich den nächsten einschenken will, zieht Papa ihm vorher das Glas weg. Gut so. Noch einen Patienten können wir heute wirklich nicht gebrauchen.

»Sie denken, sie würden ihnen damit einen Gefallen tun, wenn sie sie nach Deutschland holen. Mama und Papa haben extra eine Wohnung in unserem Haus so hergerichtet, dass Nonno und Nonna da jederzeit einziehen können«, setzt Paolo die Geschichte fort. »Altengerecht«, sagt er und Nonno grunzt verächtlich.

»Aber was soll Nonno bitte ohne seinen Weinberg machen? Ohne sein Haus, seine Freunde, seinen Garten? Seinen Honig und sein Eis? Und Nonna ohne das Restaurant?« Verzweifelt schaut Matteo in die Runde. Wir schweigen.

»Und Nonna ohne Vespa!«, sagt Nonno plötzlich in die Stille. Und dann fängt er an zu kichern. Äh, was? Ja, Nonno kichert. Wirklich und wahrhaftig. Ich fasse es nicht. Er kichert immer mehr und mehr und lauter und lauter. Und, wie schon gesagt, sein Lachen ist ein Sturm, der jeden umpustet und mitreißt, und schließlich stimmen Paolo und Matteo, Papa, Mama, Cora, Emily, Luca und ich mit ein. Auch wenn es weder normal oder korrekt ist, weder respektvoll noch angemessen, können wir nicht anders. Amico bellt und wir lachen wie verrückt. Wir lachen und lachen, mit bebenden Schultern, Lachtränen und Bauchhalten, so lange, bis Nonnos Lachen sich immer mehr wie ein Schluchzen anhört. Betreten und erschrocken hören wir auf. Papa streicht ihm über die Schulter und wieder mal weiß keiner, was er tun soll.

»Wie kann jemand, der hier glücklich ist und frei, plötzlich in einer Zweizimmerwohnung in der Stadt glücklich werden?« Paolo schaut uns alle an.

»Aber Paolo, wir müssen auch verstehen, dass Mama und Papa einfach Angst um die beiden haben. Und sie sind zu weit weg, um zu helfen, wenn was passiert«, gibt Matteo zu bedenken. »Außerdem haben Nonno und Nonna auch selbst fast zwanzig Jahre in Deutschland gelebt. So lange, bis Mama mit der Schule fertig war. Das weißt du doch. Und so schlimm fanden sie es damals auch wieder nicht, oder?«

Ach ja? Das wusste ich gar nicht. Aber immerhin erklärt es, warum die beiden doch einigermaßen gut Deutsch sprechen. Und warum Paolos Eltern in Deutschland geblieben sind. Schließlich ist zumindest Paolos Mutter dort geboren und aufgewachsen, hat dort studiert und arbeitet jetzt dort. Das, was für Paolos Eltern die Heimat ist, ist für die Großeltern einfach nur ein Platz, an dem sie ihre Kinder aufwachsen ließen, um dann so schnell wie möglich nach Sardinien zurückzukehren. In *ihre* Heimat. Was für ein Dilemma.

»Schon klar«, antwortet Paolo erbost, »aber sie können ihnen doch nicht einfach ihr Leben wegnehmen! Wenn Nonno und Nonna in Deutschland hätten leben wollen, wären sie dort geblieben. Sind sie aber nicht. Sie wollten zurück nach Sardinien. Und zwar für immer! Wenn sie sie nach Deutschland holen, nehmen sie ihnen alles weg. Dann können sie sie ja gleich umbringen.«

Erschrocken schaue ich Paolo an. Das darf man doch nicht sagen! Dass seine Eltern Nonno und Nonna nach Deutschland holen wollen, heißt ja nicht, dass sie ihnen etwas Böses wollen! Im Gegenteil, ein bisschen kann ich das auch verstehen. Wenn ich mir vorstelle, meine Oma und mein Opa wären ganz weit weg und allein und ich wüsste nie, wie es ihnen geht, und sie hätten ein anstrengendes Leben und würden so katastrophal Vespa fahren wie Nonna …

Paolo ist den Tränen nahe, das spüre ich. Und ich verstehe seine Verzweiflung. Wenn es doch nur eine Lösung gäbe, die für alle gut ist! Denk nach, Suki Wassermann, denk nach …! Ich reibe mit meinem Zeigefinger über meinen Nasenrücken. Es hat also auch mich erwischt. Ob Papa das gesehen hat?

Hat er. Als er meinen Blick auffängt, zwinkert er mir verschwörerisch zu. Wir beide, sagt dieser Blick. Die Nasenrückenreiber.

Im Moment hat keiner eine Idee parat, die das Problem lösen könnte, und das Letzte, was Paolo und Matteo jetzt gerade brauchen, ist jemand, der schlau daherredet. Das scheinen auch Mama und Papa zu spüren, denn sie sind still und hören einfach nur zu, was Matteo sagt.

»Paolo, es geht einfach nicht auf Dauer. Das weißt du auch. Die Kräfte lassen nach. Und …« Paolo fällt Matteo ins Wort:

»Und warum kommen Mama und Papa dann nicht einfach her? Schließlich kommen beide aus Sardinien, oder? Sie könnten doch von hier aus arbeiten. Ist doch egal, von wo aus sie in der Weltgeschichte herumfliegen und wo genau sie nicht zu Hause sind!« Wütend verschränkt er die Arme vor der Brust.

Matteo sagt gar nichts dazu. Was auch. Eltern, die nie zu Hause sind, keine Zeit für ihre Kinder haben, und dafür versuchen, mit dem Geld, das sie verdienen, alle Probleme zu lösen, sind keine Hilfe, wenn es um Herzensentscheidungen geht. Großeltern, die immer für ihre Enkel da waren und jetzt Hilfe brauchen, aber die Hilfe, die ihnen angeboten wird, nicht annehmen wollen, auch nicht. Trotzdem: Um wessen Argumente würde ich wohl kämpfen an Paolos Stelle?

Armer Paolo. Armer Matteo. Armer Nonno. Arme Nonna.

DIE NINI-LÖSUNG

Der frühe Nachmittag vergeht, ohne dass uns etwas eingefallen ist. Jede Idee entpuppt sich als Sackgasse. Irgendwann schläft Nonno fast am Tisch ein und Papa schickt ihn daraufhin zu einem Mittagsschlaf nach oben. Die Aufregung, der Mirto und das Schluchz-Kichern waren einfach zu anstrengend für ihn. Mama döst noch ein bisschen im Liegestuhl und Cora und Emily sind kurz zu unserem Häuschen gelaufen, um sich abzuduschen. Nur Matteo und Paolo sitzen immer noch auf den Liegestühlen nebeneinander und starren vor sich auf den Boden. Ich habe mir ein Kissen geholt und sitze im Schneidersitz an einen Baum gelehnt. Wir sind keinen Meter voneinander entfernt, aber es fühlt sich an, als ob sie in einem anderen Universum wären. Eine unsichtbare Mauer aus Verzweiflung und Grübelei umgibt die beiden. Undurchdringbar für mich. Ich kann nur zuhören. Ich bin Beobachter. Aber vermutlich würden sie mich noch nicht einmal hören, wenn ich etwas sagen würde.

Vorhin habe ich noch ein paar Scheiben Brot von gestern für die beiden mit Schinken belegt und ein dickes Stück Pecorino dazugelegt. Wenn man Amico mit Nonnas Essen erziehen kann, kann man vielleicht auch ihre Enkel damit trösten?

Es scheint nicht allzu gut zu funktionieren. Jedenfalls haben die beiden noch nichts davon angerührt. Vermutlich haben sie den Teller noch nicht einmal bemerkt.

»Es gibt keine Lösung, Paolo.« Seufzend dreht sich Matteo zu Paolo um. »Oder jedenfalls keine andere als die von Mama und Papa.«

Paolo schnaubt und schüttelt den Kopf.

»Komm schon, Paolo. Stell dir doch nur mal vor, was passiert wäre, wenn Nonna nicht so viel Glück gehabt hätte und wir nicht alle da gewesen wären.« Nun schüttelt auch Matteo den Kopf. »Das geht einfach nicht. Sie können nicht mehr alleine sein. Sie brauchen einfach jemanden, der da ist und der die schwierigen Sachen macht. Ich würde ja hier bleiben …« Er legt seinen Arm wieder um Paolo. »Aber erstens würden Mama und Papa nie zulassen, dass ich einfach so von der Schule gehe und zweitens …« Er strubbelt Paolo durch die Haare. »Zweitens hab ich doch auch einen kleinen Bruder, auf den jemand aufpassen muss!« Er lächelt Paolo an, aber der murmelt nur irgendetwas Unverständliches und schiebt Matteos Hand weg.

Wieder ist es eine Weile still, bis auf die wenigen Vögel, die ab und zu träge in den Zweigen der Kastanie zwitschern, und die Grillen, die von der Wiese herüberzirpen. Es ist selbst hier im Innenhof sehr heiß und ich gäbe einiges darum, jetzt ins Meer springen zu können. Schon komisch, wie sich ein Tag so schnell von einem der besten in einen der schlimmsten verwandeln kann.

Plötzlich setzt sich Paolo mit einem Ruck gerade hin. Ich zucke zusammen. Meine Güte, hat er mich erschreckt! Auch Matteo schaut ihn ganz entgeistert an und das ändert sich auch nicht, als Paolo fragt: »Und was ist mit Nini?«

Nini? Den Namen habe ich ja noch nie gehört. Wer ist das?

»Nini?« Matteo zieht die Augenbrauen nach oben. Noch ein Stück weiter und sie kippen hintenüber, ich schwöre es. Noch nie habe ich jemand mit einem erstaunteren Gesichtsausdruck gesehen, und wenn die Situation nicht so angespannt wäre, hätte ich lachen müssen. So aber …

»Nini?«, fragt Matteo nochmal nachdrücklich. »Wie stellst du dir denn das vor?«

Paolo rutscht aufgeregt auf der Liege hin und her. »Na ja, wir könnten sie doch einfach fragen! Warum nicht? Sie ist hier, sie ist jung, oder jedenfalls jünger, und sie, sie …«

»Und sie sprechen seit fast zwanzig Jahren nicht mehr miteinander. Vergessen?« Genervt schaut er Paolo an.

»Na und? Das kann man ja wohl ändern!«

Stur blicken beide Jungs vor sich auf den Boden. Ich bin echt ratlos, was ich machen soll. Einmischen? Oder einfach weiter still sein?

»Äh, Entschuldigung, ihr beiden, aber wer bitte ist Nini?« Okay, einmischen. Liegt wohl auch eher in meinem Naturell.

Paolo und Matteo schauen mich an, als würden sie mich zum ersten Mal sehen. Fehlt nur noch, dass sie so etwas sagen wie: »Wer bist du, Fremde? Was tust du auf unserem Stern?«.

Keiner spricht mit mir. Sie gucken mich nur an wie die Kühe auf der Weide. Prima. Muh.

»Hallo! Ich bin's Suki? Kennt ihr mich noch? Und könnt ihr mich bitte darüber aufklären, wer Nini ist?«

»Oh, Suki.« Wenigstens Paolo hat mich offensichtlich wiedererkannt. Ein gutes Zeichen.

»Richtig! Und jetzt …?« Ich drehe meine Handflächen nach oben und schaue beide fragend an.

»Nini«, sagt Paolo schließlich. »Nini ist Mamas Schwester.«

»Nonnos und Nonnas andere Tochter.«

Ach. Wer hätte das gedacht. Aber wie seltsam, wirklich, dass ihr Name noch nie gefallen ist. Paolos und Matteos Mutter hat eine Schwester? Die beiden haben eine Tante? Und sie soll hier in der Nähe wohnen?

»Nini ist ein ganzes Stück jünger als Mama«, sagt Matteo.

»Eigentlich heißt sie ja Antonia, nach Nonno«, ergänzt Paolo.

»Nonno und Nonna sind so lange in Deutschland geblieben, bis Mama mit der Schule fertig war und angefangen hat zu studieren. Nini war erst zwölf. Sie dachten, dass Nini vielleicht ein paar Jahre hier in die Schule gehen könnte, und dann, wenn sie mit der Schule fertig wäre, sollte sie zu

Mama nach Deutschland und dort eine Ausbildung machen oder studieren.«

»Das war der Plan von Nonno und Nonna«, fährt jetzt Matteo fort, »aber nicht der von Nini. Wobei, vermutlich ging es überhaupt nicht um irgendeinen Plan und es ist eben einfach so passiert.«

Boah, diese Jungs, echt. Wenn sie die Möglichkeit haben, eine Geschichte kompliziert zu erzählen, tun sie das auch. Besser aber, ich unterbreche sie nicht, sonst wird es nur noch schlimmer. Das zumindest habe ich in den letzten paar Stunden gelernt. Also abwarten und zuhören. Antonia. Nini. Und ein Familiengeheimnis. Spannend!

»Zuerst ging Nini in der Nähe von Cagliari auf eine deutsche Schule. Das ist aber von hier aus so weit, dass sie unter der Woche bei Nonnos Cousine wohnen musste. Das war natürlich doof, denn sie hatten Nini ja nicht mit nach Sardinien genommen, um sie dann nicht bei sich haben zu können. Aber Nonno und Nonna wollten einfach sicher sein, dass Ninis Deutsch gut genug ist, damit sie dann auch in Deutschland studieren kann.«

»Ja, klar war das gut gemeint«, sagt Paolo und fährt sich mit der Hand durch seine Haare, die sowieso schon nach allen Seiten abstehen. Mir wird ganz heiß, als ich das sehe, und meine Finger kribbeln, weil ich sie ihm so gerne glatt streichen würde. Wie gerne würde ich auch ganz nah neben ihm sitzen oder seine Hand nehmen, aber ich spüre auch, dass er das jetzt nicht gebrauchen kann. Es fällt mir trotzdem schwer, das nicht persönlich zu nehmen. Aber egal. Im Moment geht es einfach nicht um mich. Schon verstanden. Schlucken. Abwarten.

»Nini fühlte sich dort überhaupt nicht wohl. In der Schule ging es einigermaßen, da konnte sie sich wenigstens verständlich machen. Aber bei der Cousine? Die beiden waren sich vorher nie begegnet, und wie du ja auch schon festgestellt hast, ist Sardisch nicht so einfach …« Kann man wohl sagen.

»Jedenfalls kamen die beiden nicht besonders gut klar.«

»Und dann kam Nini hierher. Sie ging in die nächstgelegene italienische Schule. Das war auch schwierig. Und am Sardisch hat sich natürlich auch nichts geändert. Aber immerhin konnte sie so zu Hause wohnen. Tja, und dann kam Giuseppe …«

Aha. Giuseppe also. Und wer ist das jetzt?

»Nini war siebzehn, als sie sich in ihn verliebt hat. Giuseppe war ein cooler Typ aus ihrer Schule. Er war zwei Jahre über ihr und wollte die Schule fertig machen und dann den Agriturismo von seinen Eltern übernehmen. Das ist so was wie Ferien auf dem Bauernhof«, setzt Matteo erklärend hinzu, als er merkt, dass ich mit »Agriturismo« nicht besonders viel anfangen kann.

»Giuseppes Agriturismo liegt irgendwo im Gennargentu-Nationalpark. Also nicht wirklich weit weg, aber eben abgeschieden. Und nicht in Deutschland. Weit weg jedenfalls von all dem, was für Nini geplant war.«

»Als er fertig mit der Schule war, hatte Nini noch zwei Jahre, bis sie nach Deutschland gehen sollte. Aber als sie dann auch ihren Abschluss hatte, ging sie eben nicht. Sondern fuhr ins Hinterland zu Giuseppe und blieb dort. Das war vor fünfzehn Jahren. Und seitdem haben Nonno, Nonna und Nini nicht mehr miteinander gesprochen.«

»Ende der Geschichte«, setzt Paolo hinzu.

»Wow, für so knallhart habe ich die beiden gar nicht gehalten! Immerhin war Nini doch ihr Kind! Ist. Ist Nini doch ihr Kind.« Ich bin echt schockiert! Vielleicht ist das nicht das, was sich die beiden für ihre Tochter vorgestellt hatten, aber deshalb den Kontakt abzubrechen …? Das muss doch furchtbar sein!

»Ganz so einfach war es nicht«, versucht Matteo zu erklären.

»Natürlich wollte das eigentlich keiner. Aber wir Sarden sind nun einmal ziemlich stur.« Das habe ich doch tatsächlich auch schon bemerkt. Aber immerhin geben sie es zu.

»Es war alles schon geregelt: Nini hatte einen Studienplatz für Hotelmanagement und Mama hatte extra die Wohnung in ihrem Haus für sie vorbereitet. Das ist übrigens die Wohnung, die jetzt Nonno und Nonna haben könnten. Überhaupt hatten Mama und Papa nur deshalb ein Haus gekauft, weil Nonno und Nonna sie dazu überredet hatten. Eigentlich wollte Mama noch ein Jahr ins Ausland, aber das haben sie dann gecancelt, wegen Nini. Tja. Für die Familie macht man das ja auch gern.«

Matteo presst die Lippen zusammen. Offensichtlich kommt jetzt der unschöne Teil der Geschichte.

»Und dann, zwei Tage bevor Nini aufbrechen sollte, war sie plötzlich weg. Hatte einen Brief hinterlassen. Mama hat uns das irgendwann mal ausführlich erzählt. Nini hatte ihre schon gepackten Taschen geschnappt und war zu Giuseppe gezogen. Einfach so. Über Nacht. Das war ein Schock, kannst du dir ja vorstellen.«

Ja, kann ich. Muss schrecklich sein, wenn das Kind weg ist. Von einem Tag auf den anderen und ohne vorher etwas zu sagen. Irgendwie wie eine ganz besonders schlimme Form der Lüge, oder? Man tut so, als ob, und dann macht man etwas ganz anderes. Wie enttäuschend das sein muss. Aber auch, wie schlimm, wenn man sich für diesen Weg entscheiden muss, oder? Wenn man lügen muss, um überhaupt das machen zu können, was man möchte. Dann hat man doch so oder so verloren. Oje. Was für eine schreckliche Situation!

»Nonno und Nonna waren so schockiert und verletzt, dass sie erst mal gar nichts gemacht haben. Mama war natürlich wütend, weil sie ihr eigenes Leben komplett nach Nini ausgerichtet hatte. Und Nini meldete sich nicht. Ich glaube, sie hatte Schiss«, sagt Paolo und zuckt mit den Schultern. »Kann ich irgendwie auch verstehen. Hätte ich auch gehabt. Das ging fast zwei Jahre so. Dabei ist der Hof nicht mehr als eine Stunde entfernt. Stell dir das mal vor! Es hätte ja auch sein können, dass sie sich alle zufällig begegnen. Aber nein. Dafür haben Nonno und Nonna schon gesorgt. Nonna war wohl sehr unglücklich in dieser Zeit. Die eine Tochter weit weg in Deutschland, wo Nonna nicht sein wollte. Und die andere in Sardinien, ganz nah, und gleichzeitig noch viel weiter weg. Es muss sehr traurig gewesen sein.«

»Natürlich kamen Mama und Papa mit mir jedes Jahr nach Sardinien und später dann auch noch mit dir …« Matteo knufft Paolo liebevoll in die Seite. »Aber eine fehlte doch immer. Nini.«

»Nini?!«

Keiner von uns hat mitbekommen, dass Nonno wieder in den Garten gekommen ist.

»Nini?« Mit gerunzelter Stirn schaut er zu den Jungs, die ganz kleinlaut auf ihren Liegen sitzen. Schade, ich hätte die Geschichte sehr gerne noch zu Ende gehört, aber dafür ist jetzt wohl nicht der richtige Zeitpunkt. »Du haste Nini gesagte«, stellt Nonno ganz richtig fest. Sein Gesicht bleibt verschlossen, als er sich an einen der Tische setzt. »Was iste mit Nini?« Er schaut von einem zum anderen.

»Nichts, nichts«, beeilt sich Matteo zu sagen.

»Bene. Dann bringst du mir bitte eine Espresso. Grazie!« Düster stiert er auf das rot-weiß karierte Tischtuch. Thema beendet. Während er auf den Espresso wartet, fängt er an, die trockenen Blättchen aus dem kleinen Strauß mit Wiesengräsern zu zupfen, den ich vorhin frisch dorthin gestellt habe. Wären wir in einem Film, würde es jetzt auch noch anfangen zu regnen. Würde gut zur Stimmung passen. Aber zum Glück sind wir nicht in einem Film. Der Himmel ist nach wie vor wolkenlos. Ich muss trotzdem hier raus. Ich muss mich bewegen und ich habe lange genug herumgesessen. Indem ich in Nonnos verzweifeltes Gesicht schaue, finde ich auch keine Lösung. Außerdem würde ich gerne wissen, was es mit Nini auf sich hat, und … ich könnte dringend eine große Portion Meloneneis gebrauchen.

»Paolo?«

Er schaut auf.

»Hast du Lust …« Nein, falsch. Lust hat er im Moment auf gar nichts, das sehe ich ihm an. Also anders: »Ich glaube, Amico muss mal eine Runde spazieren gehen. Kommst du mit?« Viel besser. Amico zieht immer. Als Amico seinen Namen hört, hebt er seinen Kopf und wedelt vorsichtig mit dem Schwanz. Ihm hat das alles auch aufs Gemüt geschlagen.

»Okay«, antwortet Paolo zwar zögernd, aber immerhin steht er auf.

»Komm, Amico!«, sage ich schnell, bevor Paolo es sich wieder anders überlegt. Amico wedelt wie wild mit dem Schwanz und drückt begeistert seine Schnauze in Paolos Hand. Wenigstens einer, der gute Laune hat.

»Wir treffen uns am Durchgang. Ich geh nur noch schnell …«, sage ich und gehe Richtung Küche. Vielmehr Richtung Eisfach. Aber Paolo hat sich schon auf den Weg gemacht und ist durch den Durchgang verschwunden. Ich hoffe, er hat mich überhaupt gehört. Wie ferngesteuert läuft er durch die Gegend, echt. Höchste Zeit, etwas zu verändern. Schnell hole ich für jeden von uns beiden eine große Portion Meloneneis und packe sie in dieselbe blaue Kühltasche, die Paolo erst vor ein paar Tagen benutzt hat, um sich mit mir wieder zu versöhnen. Das hat viel besser funktioniert als tausend Entschuldigungen und Briefe, Telefonate, WhatsApp-Nachrichten, oder sonst irgendwas. Das magische Meloneneis, sage ich da nur. Sorgt dafür, dass alles wieder gut wird. Ich drücke mir selber die Daumen, dass es auch jetzt funktioniert, gehe noch schnell in der Küche vorbei, schnappe mir eine Scheibe Schinken für Amico (ein Hund ist auch nur ein Mensch, sagt Mama immer, und er steht einfach mehr auf Schinken als auf Eis) und gebe Matteo Bescheid, dass wir eine Weile draußen sind. Ein bisschen Ablenkung ist jetzt genau das Richtige.

Ich hätte nie gedacht, dass es so gut tut, mich zu bewegen! Was bin ich froh, dass mir die Sonne ins Gesicht scheint, auch wenn es superheiß ist. Zu warm zum Denken. Aber vielleicht ist das genau das, was wir jetzt brauchen. Wir gehen runter zum großen Strand und der Sand glüht so sehr, dass ich fast Angst habe, meine Flip-Flops könnten schmelzen. Barfuß könnte man hier gar nicht laufen, glaube ich.

Amico lässt sich im Schatten des nächstbesten Felsens gleich wieder nieder. Für ihn muss der Sand noch unangenehmer sein. Also, was Hundepfoten alles aushalten, überrascht mich wirklich.

»Wer zuerst beim Piratenfelsen ist?«, rufe ich und ziehe mir schnell mein Kleid über den Kopf. Normalerweise ist mir Paolo schon Meilen voraus und macht einen Kopfsprung ins Wasser, während ich gerade erst loslaufe. Aber nicht heute.

»Na gut. Du gewinnst«, sagt er lahm. Wenigstens zieht er sich das T-Shirt aus. In Zeitlupe. Und nun, meine sehr verehrten Damen und Herren, werden sie Zeuge eines seltenen, aber sehr typischen Suki-Wassermann-Spezial-Vulkanausbruchs. Genau. Es ist nicht vorhersehbar. Ich kann es auch nicht steuern. Es passiert äußerst selten, aber wenn … tja, dann sollte man wohl besser in Deckung gehen. Wütend stemme ich die Hände in die Hüften. Mir ist sehr heiß (ja, das Wetter, aber auch von innendrin). In mir kocht es. Und nicht, weil ich gerne Paolos Haare zurückstreichen möchte oder ihn küssen oder sonst was – nein, in mir kocht es, weil ich sauer bin.

Ich kneife die Augen zusammen, und Achtung, es geht los:

»So. Paolo. Es reicht.«

Erschrocken schaut er unter seinem halb ausgezogenen T-Shirt hervor. Die Arme stecken noch in den Ärmeln, aber der Kopf ist schon draußen. Sieht lustig aus. Normalerweise würde ich auch lachen, aber ich darf mich jetzt nicht ablenken lassen.

»Ja, Nonna ist verletzt«, sage ich. »Das ist schlimm. Aber es hätte schlimmer sein können. Mensch, sie hätte tot sein können!« Ist das übertrieben? Immerhin stimmt es doch, oder? Jetzt schaut Paolo noch erschrockener. Oha. Das war vielleicht ein bisschen zu viel.

»Also: Du und ich, wir sind die Einzigen, die nicht entweder schlafen oder wie hypnotisierte Kaninchen auf rot-weiß karierte Tischdecken schauen! Richtig?« Richtig.

Paolo sagt nichts. Er schaut nur immer noch unter seinem Shirt vor. Ich bin ein bisschen lauter als sonst, aber unter den gegebenen Umständen …

»Wir zwei schwimmen jetzt zum Piratenfelsen und wieder zurück. Das weckt dich vielleicht ein bisschen auf. Und dann essen wir das Meloneneis.« Ich klopfe auf die blaue Kühltasche. »Und dabei erzählst du mir von Nini und so. Und dann fällt uns eine Lösung ein. Sofort. Pronto. Subito.« Oder irgendwas anderes Italienisches.

Paolo sagt immer noch nichts.

»Ja? Oder ja?«

Jetzt kneift Paolo die Augen zusammen. Au weia. Bin ich zu weit gegangen? Dabei war ich ja noch zahm! Kann er etwa auch den Vulkan?

Plötzlich geht alles ganz schnell: Paolo reißt sich das Shirt runter und sprintet los. Verdutzt schaue ich ihm hinterher, wie er in Richtung Wasser davonrennt. Da bleibt er stehen und dreht sich zu mir um.

»Wo bleibst du denn, du lahme Ente?«, ruft er und

springt ins Wasser. Jungs! Sarden! Paolos! Das soll einer verstehen.

Aber egal. Ich habe zwar das Wettrennen verloren, aber dafür ist mein Freund wieder da.

Prustend und keuchend schwimmen wir um den Piratenfelsen, Paolo immer ein paar Meter vor mir. Selbst die letzten Meter zum Handtuch im Schatten legt er im Spurt zurück. Vermutlich habe ich richtig geraten: Bewegung war genau das, was er gebraucht hat. Manchmal ist es vielleicht doch kein Fehler, von sich auf andere zu schließen.

Amico schaut uns beide erstaunt an, als wir uns aufs Handtuch fallen lassen, so als würde er uns für ein wenig durchgeknallt halten. Ich nehme an, für einen Hund sind wir das auch. Lange kann ich allerdings nicht liegenbleiben, dazu bin ich viel zu unruhig. Immerhin haben wir noch keine Lösung und das Restaurant öffnet in drei Stunden schon wieder. Ich setzte mich auf und reiche Paolo einen Becher mit Meloneneis aus der Kühltasche.

»Kannst du Gedanken lesen?«, fragt er mich und das erste Mal seit ein paar Stunden sehe ich das alte Paololächeln wieder durch die Sorgen in seinem Gesicht blitzen. Wie sehr habe ich das vermisst! Na klar kann ich das! Warum sonst hätte ich ihn an den Strand gelotst und Meloneneis besorgt?

Einträchtig löffeln wir unser Eis, während wir aufs glitzernde Meer schauen, bis auch wirklich der allerletzte Rest aus dem Becher gekratzt ist.

»Suki, was machen wir bloß?« Paolo hat sich wieder nach

hinten fallen lassen und schaut nun in den quietschblauen Himmel, der heute kein gepunktetes Kleid trägt. Keine einzige Wolke ist zu sehen.

»Wenn ich das nur wüsste. Ich habe echt keine Ahnung.« Ich lege mich neben ihn und lasse wie zufällig meine Hand so dicht neben seine fallen, dass sie sich berühren. Wäre es jetzt dunkel, könnte man bestimmt Funken zwischen unseren Fingern sprühen sehen. Immer da, wo wir uns berühren, funkelt es. Egal ob zufällig oder mit Absicht. Und es ist, als ob diese Stellen magnetisch sind. Nervenmagnetisch. Gefühlmagnetisch.

Paolo umschließt meine Hand mit seiner, und auch wenn wir dringend eine Idee brauchen, es Nonna und allen anderen gar nicht gut geht, bleibt wieder einmal die Zeit stehen und ich bin genau in dieser Sekunde glücklich.

»Aber zuerst musst du mir die Ninigeschichte zu Ende erzählen. Du sagtest, du hättest eine Idee?« Ich drehe meinen Kopf zu Paolo. Wir schauen uns einen Moment lang in die Augen. Funkel, funkel. Ich kann auch überall magnetisch sein.

»Also, Nini. Wo war ich?«

»Nini war weg und Nonno und Nonna sind ihr aus dem Weg gegangen. Sie haben sich zwei Jahre lang überhaupt nicht gesehen. Und dann?«

»Mama war auch sauer und enttäuscht. Aber sie hatte schließlich ihr eigenes Leben. Einen Mann, einen Job und zwei kleine Kinder. Irgendwann hat sie versucht, mit Nini

Kontakt aufzunehmen und das hat auch geklappt. Weil Nini nämlich längst nicht mehr so glücklich mit Giuseppe war, wie sie es sich erhofft hatte. Er hatte sie zwar geheiratet, aber seine Mutter war nicht besonders nett zu ihr und ließ sie richtig viel arbeiten – und das, obwohl sie schwanger war. Giuseppe …«, er macht eine wegwerfende Handbewegung, »… ist ein Idiot, sagt Mama. Nachdem sie geheiratet haben, war Nini plötzlich uninteressant für ihn. Ganz komisch. Normalerweise ist einem doch die Familie heilig.« Ernst schaut er mich an. »Deshalb war es natürlich besonders schlimm für Nini, dass sie ihre eigene Familie aufgegeben hat, um mit ihm zusammen sein zu können. Und dann lässt er sie einfach so im Stich.« Gedankenverloren zieht er eine Haarsträhne aus meinem Zopf und wickelt sie um seinen Finger. Ich schließe die Augen. Ewig könnte ich hier liegen und zuhören. Ich muss nur aufpassen, dass ich auch die ganze Geschichte mitbekomme, immerhin geht es um … Moment!

»Sie war schwanger?« Das bedeutet ja, dass es auf Sardinien irgendwo eine Cousine oder einen Cousin von Paolo und Matteo geben muss.

»Ganz genau. Chiara ist ein halbes Jahr älter als ich, aber ich habe sie noch nie gesehen. Voll schade, oder?«

»Schon. Vor allem für sie, finde ich. Und Nonna wollte nie ihr Enkelkind sehen?« So wie ich sie kennengelernt habe, kann ich mir das überhaupt nicht vorstellen. Immerhin fühle ich mich beinahe schon selbst wie ein Teil ihrer Familie.

»Doch, logisch wollte sie das. Sogar unbedingt. Aber versetz dich mal in ihre Lage: Zuerst läuft deine Tochter weg. Dann hörst du, dass sie unglücklich ist. Und dann auch noch schwanger. Und nie, zu keinem Zeitpunkt hat sie Nonna angerufen oder ist vorbeigekommen. Nonna wollte Chiara natürlich sehen. Und Nini. Sie hat sich total verrückt gemacht, weil ihr immer wieder irgendwelche Leute auf dem Markt erzählt haben, dass sie die beiden gesehen haben. Aber Nonna ist auch stolz. Und es kam für sie überhaupt nicht infrage, dass *sie* zu Nini gehen würde. Da wäre Nonno auch total ausgeflippt. Du weißt schon: Ehre. Stolz. Respekt. Nini musste zu *ihnen* kommen, soviel war klar. Aber sie kam nicht.«

»Und dann?«

»Und dann zog sie bei Giuseppe aus. Du kannst dir nicht vorstellen, was das für ein Skandal war! So was gibt es hier einfach nicht. Aber sie kam immer noch nicht nach Hause. Plötzlich wurden Nonno und Nonna gemieden. Von wegen: Hätte man sich ja gleich denken können, dass das so endet. Scheint ja an den Eltern zu liegen. Die hat sie ja schließlich auch verlassen. Und dann auch noch mit Kind. Schande! Die Leute im Ort tuschelten hinter Nonnos und Nonnas Rücken. Und das tat natürlich nochmal weh. Immerhin konnten die beiden ja am wenigsten dafür.« Paolo legt seine linke Hand, die bis eben noch mit meiner Haarsträhne gespielt hat, auf meine Wange und ich schließe die Augen.

»Aber sie sorgten sich natürlich immer noch. Und Nini tat ihnen leid. Vor allem, weil es ja auch nicht einfach ist, als

Alleinerziehende einen Job zu bekommen. Und dann auch noch, wenn jeder jeden kennt und alle sauer auf dich sind … Mama bot Nini zum zweiten Mal an, nach Deutschland zu kommen, aber das lehnte sie ab. Sie wollte unabhängig bleiben, und sie wollte auch, dass Chiara ihren Vater sehen konnte. Ich hätte es cool gefunden. Wäre ja fast wie eine Schwester gewesen.«

Er lächelt. Ein paar Sekunden lang schaut er mich einfach nur an. Ich weiß, ich kann Emilys aus Strömungen retten und ich kann super schwimmen. Aber jetzt und hier in diesen Erdbeerbaumhonig-Augen könnte ich ertrinken. Problemlos. S.O.S. – Sukiherz in Seenot!

»Und wo sind die beiden jetzt?«

»Nini arbeitet oberhalb von Tortoli in einem Hotel. Es ist nicht so wahnsinnig weit weg von hier. Ungefähr eine Stunde mit dem Auto. Ich glaube, sie ist so was wie Mädchen für alles. Das hat Mama jedenfalls erzählt. Ihre Begeisterung für Hotels hat sie nicht aufgegeben. Aber ein eigenes ist wohl nicht draus geworden. Schade. Wenn sie auch nur halb so gut kochen kann wie Nonna und dann auch noch so gut organisiert ist wie Mama, dann wäre sie sicher super erfolgreich.«

Glaube ich auch. Das mit dem Organisieren kann ich zwar nicht beurteilen, aber Nonnas Kochkünste … Ich traue Nini also alles zu.

»Und dein Plan?«, frage ich.

»Kannst du es dir nicht denken?«

»Eher nicht. Wie willst du denn jetzt die letzten fünfzehn Jahre unvergessen machen? Fünfzehn Jahre?! Ich meine, das ist doch eine verdammt lange Zeit!«

»Aber das ist ja das Gute! Ich glaube, es ist so viel Zeit vergangen, dass alle drei nicht mehr wütend sind, sondern nur noch traurig. Und sich keiner traut, den ersten Schritt zu machen, weil er Angst hat, dass der andere immer noch sauer ist und er oder sie abgewiesen wird. Verstehst du?« Er schaut mich Beifall heischend an.

Nein. Ich verstehe nur Bahnhof.

»Du hast vorhin gesagt, Nonna hätte Glück gehabt, dass sie nicht gestorben ist. Richtig?«

»Richtig.«

»Dass wir alle Glück gehabt haben, dass sie nicht gestorben ist. Richtig?«

»Richtig.« Worauf will er hinaus?

»Stell dir vor, sie wäre jetzt tatsächlich tot! Wie fürchterlich das für Nini wäre, wenn sie plötzlich gar keine Chance mehr hätte, sich zu versöhnen. Oder für Nonno – dann wäre er nämlich ganz allein. Ich habe den Eindruck, dass alle – die komplette Familie Della Rocca – sich nach einer Versöhnung sehnt, aber keiner weiß, wie er es anstellen soll!« Jetzt leuchten seine Augen. Und ich zähle endlich uno und uno zusammen.

»Stell dir vor, wir würden es schaffen, Nini davon zu überzeugen, hierher zu kommen und Nonno und Nonna zu helfen, weil die zwei das alleine nicht mehr hinkriegen.

Dann wäre doch allen geholfen … Nini könnte hier ihren Hof haben. Nonno und Nonna wären nicht allein und Chiara auch nicht. Sie hätte eine Familie und Nini könnte vielleicht sogar nebenher noch was anderes arbeiten und …«

Ich bin ja ungern der Partykiller, aber so richtig glaube ich nicht an den Plan. »Und wie willst du Nini hierher kriegen? So wie du sie beschreibst, hat sie den gleichen Dickkopf wie deine Großeltern!«

»Ja, aber auch das gleich große Herz. Ganz bestimmt. Ich kenne sie zwar nicht, aber da bin ich mir ganz sicher. Man müsste eben ein bisschen übertreiben.« Schelmisch grinst er mich an. »Wir müssen ihr ja nicht sagen, dass Nonna gar nicht so schlimm verletzt ist. Immerhin sah es doch schon sehr dramatisch aus, oder? Und du hast selber gesagt, dass …«

»Ja, klar habe ich das gesagt, aber … und Nonno?«

»Ich glaube, Nonno holt einen Mirto und ein Taschentuch, wenn er Nini sieht. Und dann kichert er und alle heulen um die Wette. Wirst sehn, Suki. So ist es ganz bestimmt!«

Diesmal kann ich nur sagen: Paolos Wort in Gottes Ohr. Seine Überzeugung hätte ich gerne. Andererseits: Es ist der einzige Plan, den wir haben, und er hat nichts mit Deutschland zu tun. Je länger ich darüber nachdenke und je länger mich Paolo mit seinen Honigaugen hypnotisiert, umso mehr halte ich den Plan für realistisch. Ein winziges Problem gibt es aber noch:

»Matteo ist dagegen, Nini einzuweihen. Keiner von uns

hat einen Führerschein. Mama wird im Restaurant gebraucht, und Nonno kannst du ja schlecht einfach bitten, dich zu ihr zu fahren. Wie sollen wir also deiner Meinung nach zu ihr kommen?«

»Wir?« Paolo setzt sich hin und strahlt mich an. Ich richte mich ebenfalls auf.

»Hast du gerade echt *wir* gesagt? Das heißt, du kommst mit?« Wenn er noch ein bisschen mehr grinst, reicht sein Lächeln einmal um den ganzen Kopf. »Ich könnt dich dafür küssen, dass du an meinen Plan glaubst. Und dass du mitkommst!« Und dann tut er es.

Äh, was hat er gerade nochmal gesagt? Da, wo mal mein Gehirn gewesen ist, ist nur noch ein riesiger, herzförmiger Luftballon. Au weia. Ich glaube, ich hebe gleich ab. Meine Knie zittern. Wie gut, dass wir noch nicht gleich wieder aufstehen müssen. Paolo löst sich von mir und schenkt mir ein zuckersüßes Lächeln (*süüüüüß!*), bevor er wieder spricht: »Ganz einfach! Wir nehmen Nonnas Vespa!«

Wie? Die Vespa? Im Leben nicht.

»Paolo, du hast doch überhaupt keinen Führerschein!« Ich runzele die Stirn, während Paolo lacht.

»Glaubst du im Ernst, Nonna hat einen?«

»Hat sie nicht?«

»Hat sie nicht.«

Gut, wenn ich an ihre Fahrkünste denke, wundert es mich auch nicht, aber das heißt ja noch lange nicht, dass Paolo deshalb fahren darf. Oder sollte!

»Aber ich kann super fahren! Ehrlich! Ich fahre immer! Auf dem Hof, auf dem Feldweg und ich war sogar schon zweimal in der Stadt!«

»Spinnst du?« Jetzt wird mir echt mulmig. Ich glaube, er meint es ernst! »Wie stellst du dir denn das vor? Wir beide auf der Vespa? Und dann? Was, wenn was passiert? Legen wir uns neben Nonna ins Krankenhaus, oder was?« Schnapsidee. Ganz ohne Schnaps.

»Es passiert nichts. Versprochen. Und du hast doch selber gesagt, dass dir niemand einfällt, den wir fragen können.« Überlegen grinst er mich an.

»Die Vespa steht bei Marco. Der hat sie auf seine Ladefläche geladen und mit zu sich genommen.«

»Paolo …«

»Lass mich doch mal ausreden!« Okay, okay. Immerhin sind seine Stories nicht so lang wie die von Matteo.

»Wir sagen Nonno, dass wir die Vespa holen. Das erlaubt er mir, das weiß ich. Und dann fahren wir einfach weiter zu Nini anstatt nach Hause.« Er grinst schon wieder.

»So ein Quatsch. Selbst wenn Nonno es dir erlaubt, mein Papa erlaubt mir das nie im Leben! Und Mama schon gleich zehnmal nicht!«

Jetzt ist er enttäuscht, aber was soll ich machen? Meine Eltern belügen? Das will ich nicht. Schließlich haben sie mich noch nie im Stich gelassen. Und ich weiß, dass ich ihnen alles sagen kann – und auch muss. Wir haben einen Deal, und der heißt: Ehrlich, pünktlich und zuverlässig müssen wir sein und dann dürfen wir alles machen, was wir wollen. Weil Mama und Papa uns dann vertrauen können und das finde ich schön. Das will ich auf gar keinen Fall aufs Spiel setzen. Aber Paolo alleine dorthin fahren lassen will ich auch nicht. Wie kann ich es also machen? Ich reibe mir schon wieder über die Nase. Und tatsächlich …

»Papa!«

»Wo?« Verwirrt schaut Paolo sich um.

»Nicht hier, du Scherzkeks. Aber Papa kann uns doch fahren!«

Genau! Warum bin ich eigentlich nicht gleich darauf gekommen? Ich springe auf und ziehe Paolo auf die Beine.

»Los, komm schon, Paolo, wir fragen ihn. Hoffentlich ist er nicht in Nonnos Mirto-Gelage mit eingestiegen. Komm! Wir fragen ihn gleich!«

Schnell packen wir unsere Sachen zusammen und laufen ins Restaurant zurück. Der Garten ist verwaist, aber in der Küche höre ich jemanden rumoren.

»Mama?«

Mama hat sich ein Küchentuch um den Kopf gebunden und ihr Kopf ist knallrot. Sie beugt sich über eine riesige Schüssel mit Teig. »Was machst du da?« Paolo und ich sind im Türrahmen stehen geblieben. Der ganze Boden ist voller Mehl, es ist unwahrscheinlich heiß und stickig und das Radio plärrt im Hintergrund. Cora und Emily sitzen unter dem geöffneten Fenster am Küchentisch und schnibbeln mal wieder Gemüse. Diesmal keine Tomaten. Immerhin.

»Oh, das? Das ist Pizzateig. Nonna hat ihn wohl gestern Abend noch gemacht, ich habe ihn nur vorhin in der Hektik übersehen. Er stand im Kühlschrank im Keller. Nonno hat mir gesagt, dass er da immer ist, und daneben steht auch immer die Tomatensauce für die Pizza. Zum Glück müssen wir das nicht auch noch machen. Lustig, ich wusste gar nicht, dass man Hefeteig im Kühlschrank über Nacht gehen lässt, aber Nonna macht das immer so …« Sie redet ohne Punkt und Komma. Dabei schaut sie uns noch nicht einmal an. Au weia. Mama redet mit sich selbst. Das macht sie nur, wenn sie wirklich richtig schlimmen Stress hat. Gedankenverloren piekt sie dabei in den Teig. Plötzlich erinnert sie sich offensichtlich wieder daran, dass wir auch noch da sind. »Paolo, Suki! Wo wart ihr überhaupt?« Endlich schaut sie uns an, dabei wischt sie sich mit dem Unterarm über die Stirn und hinterlässt dort eine breite Mehlspur. Die Arme. So hat sie sich ihren Urlaub sicher nicht vorgestellt.

»Am Strand«, sage ich und habe den Eindruck, dass sie mir gar nicht richtig zuhört. »Wo ist Papa eigentlich?«

»Papa?«

»Na, dieser Mann – du weißt schon? Der, mit dem du verheiratet und hier im Urlaub bist? Mein *Vater*?«

Paolo schaut mich fragend an. Ich zucke mit den Schultern. Wird schon wieder vorübergehen. Hoffe ich. Dabei habe ich irgendwie den Eindruck, dass es gerade erst angefangen hat. Hmm.

»Ach so ja, Papa.« Sie grinst. »Papa ist nicht da.«

»Das sehe ich. Und weiter?«

»Er bringt Nonno noch mal ins Krankenhaus und bleibt dort auch so lange wie möglich mit ihm. Der alte Mann wird hier noch völlig irre ohne seine Nonna.« Oha. Ich kenne diesen Blick. Es ist so ein total crazy Schielblick mit schräg gelegtem Kopf. Wenn ich es nicht besser wüsste, würde ich vermuten, sie wäre leicht übergeschnappt. Was Stress mit Menschen macht …

»Echt jetzt?«

»Nein. Eher werde *ich* völlig irre, wenn er noch länger hier rumsitzt, Trübsal bläst und Mirto trinkt. Und Papa ist außerhalb der Küche auch besser aufgehoben.« Dachte ich es mir doch. Jetzt haben wir ein Problem.

»Du weißt also auch nicht, wann er wiederkommt?« Könnte ja sein, dass er noch vor heute Abend wieder da ist, und dann können wir es noch heute rechtzeitig schaffen, bevor es dunkel wird. Aber Mama nimmt mir die Hoffnung.

»Ich habe Papa gesagt, er soll noch mit ihm irgendwo was essen gehen. Hier ist bestimmt bis zehn Uhr Betrieb. Manchmal kann es durchaus auch mal elf oder sogar zwölf werden, das wissen wir ja von uns selbst.« Wieder wischt sie sich über die Stirn. Dadurch wird ihre Kriegsbemalung auch nicht besser. Wie gut, dass es hier drin keinen Spiegel gibt. Mama gibt hier in dieser Küche wirklich alles, soviel ist klar. Vielleicht würde sie die Idee mit Nini sogar gut finden und unterstützen, aber wir können sie auf gar keinen Fall auch noch damit oder gar mit dem Fahrerproblem behelligen.

»Bis heute Abend alle wieder gegangen sind, liege ich hoffentlich noch nicht völlig erschöpft unter diesem Küchentisch.« Sie klopft auf das alte Holz. »Wie Nonna das ganz allein jeden Tag durchhält ist mir echt ein Rätsel.«

»Vielleicht muss sie das ja bald gar nicht mehr«, sagt Paolo und lächelt verschwörerisch.

»Wie?« Zerstreut schaut Mama ihn an. Ich kicke gegen seinen Schuh. Meine Mutter ist zwar erschöpft, aber nicht schwer von Begriff. Besser, er hält die Klappe. Glücklicherweise ist sie aber auch schon wieder ein Thema weiter.

»Könnt ihr mir bitte die Tomatensauce für die Pizza aus dem Keller holen? Und bringt Salat mit und … was wollte ich noch mal? Ach ja, schaut mal, wo Matteo steckt, er muss mir erklären, wie man den Käse für die Pizza reibt, und dann …« Schnell verschwinden wir aus der Küche. Also, Papa fällt als Fahrer flach. Geld für ein Taxi haben wir nicht. Und wenn wir nicht bald verschwinden, versorgt uns Mama mit so vielen Aufträgen, dass wir gar nirgends mehr hinkommen.

ICH UND EIFERSÜCHTIG?

Während wir in den Keller hinuntergehen, um die Tomatensauce zu holen, beratschlagen wir, was zu tun ist. Papa fällt weg. Taxi fällt weg. Bleibt nur noch …

»Und wenn wir es einfach keinem erzählen?« Paolo schaut mich bittend an.

»Was meinst du?«

»Na, das mit der Vespa?«

Abrupt bleibe ich stehen. »Ich dachte, das hätten wir besprochen?«

Paolo lässt nicht locker. »Aber wenn es doch keine andere Möglichkeit gibt?«

Ich seufze. Was soll ich dazu sagen? Paolo im Stich lassen kommt nicht infrage. Logisch. Aber lügen will ich, wie gesagt, auch nicht. Und ist nichts sagen nicht auch eine Lüge? Oder geht es dabei nur um das, was man wirklich ausgesprochen hat? Oh Mann, ist das alles kompliziert! Suki Wassermann, wo bist du da nur reingeraten? Die Wahrheit oder nicht die Wahrheit, das ist hier die Frage. Und was tust du da bloß? Versuchst du gerade tatsächlich, dir selbst einzureden, dass es okay wäre, die Vespa zu nehmen? Ich schüttele über mich selber den Kopf, während Paolo nach meiner linken Hand greift. Eigentlich kenne ich die richtige Antwort, aber …

»Bitte?« Welpenblick. »Per favore?« Welpenblick plus Italienisch. Mist. Ich bin verloren. Paolo hat gewonnen. Geschlagen hebe ich die rechte Hand. Matteo schlägt ein und flüstert ein leises »Danke«. Ich weiß, dass es ein Fehler ist, ich weiß, dass es ein Fehler ist, ich weiß, dass … So hämmert es in meinem Kopf, während ich ihm hinterherlaufe, um die Tomatensauce zu holen.

Nachdem wir die Sauce ganz leise am Kücheneingang abgestellt haben, in der Hoffnung, dass Mama uns nicht bemerkt, laufen wir schnell zum Pizzaofen im Garten, wo Matteo bereits damit beschäftigt ist, für die richtige Glut zu sorgen.

»Da seid ihr ja! Super! Ich brauche …« Oh nein! Nicht das!

»Sorry, Matteo, aber wir müssen unbedingt ganz schnell …!« Bevor sich Matteo richtig zu uns umgedreht hat und eine Bestellung von irgendetwas losgeworden ist, sind wir schon an ihm vorbeigeflitzt. Wenn wir dieses Abenteuer schon wagen wollen, müssen wir sofort los. Jetzt oder nie. Sonst kommen wir nicht bei Nini an, bevor es dunkel wird, und was das bedeutet, will ich mir gar nicht ausmalen. Dass Matteo jetzt nicht weiß, dass Mama ihn sucht, ist zwar doof, aber nicht zu ändern. Sie werden sich schon gegenseitig finden, beruhige ich mich. Was passiert, wenn sie rauskriegen, was wir hier treiben, verdränge ich lieber. Im Moment ist es jedenfalls besser, sie denken, wir hätten keine Lust zu helfen.

Den ersten Teil unserer Strecke legen wir zu Fuß und an der Straße entlang zurück. Dieselbe Straße, auf der Nonna gestürzt ist. Irgendwo hier liegen vermutlich mehrere Bund Salbei und was auch immer sie noch in ihren Tüten hatte, denke ich, während ich hinter Paolo her trotte. Hätten wir nur ein Wasser mitgenommen! Immerhin habe ich einen Hut auf, aber so ein Wasser …? Gedankenverloren halte ich im Straßengraben Ausschau nach Salbeiblättern, von denen ich noch nicht einmal weiß, wie sie aussehen.

Plötzlich kommt uns ein kleiner Laster entgegen und Paolo fängt an, wie verrückt zu winken. Ich werfe ihm einen irritierten Blick zu.

»Pietro! Das ist Pietro!« Paolo hüpft wie ein wild gewordener Flummi auf und ab. Randbemerkung: Dass Jungs sich auch so seltsam benehmen können, finde ich äußerst beruhigend. Ich werde es mir merken, für die Momente, in denen ich mich für mich selber schäme.

Pietro dreht mit seinem Laster mitten auf der Straße um und bleibt dann direkt vor uns stehen. Einen Vorteil muss so eine menschenleere Fahrbahn ja haben, oder? Er steigt aus und lässt die Fahrertür einfach offenstehen. Logisch. So macht man das hier. Pietro scheint ungefähr so alt wie Nonno zu sein. Ein wenig kleiner als er vielleicht und auf jeden Fall ein bisschen zotteliger. Graue, abstehende Haare schauen unter einer schwarzen Kappe hervor und seine dunklen Augen funkeln hinter mächtigen weißen Augenbrauen. Die Hose, die er trägt, hat schon bessere Zeiten gesehen und auch sein weißes Shirt ist nicht mehr ganz taufrisch. Dass er sehr besorgt ist, sieht man an seinem Blick und daran, wie schnell er aus dem Laster springt. Bevor er überhaupt ganz um sein Fahrzeug herumgelaufen ist, hat er schon angefangen, wie wild zu gestikulieren. Zuerst drückt er Paolo fest an sich. Dann mich (und das, obwohl er mich gar nicht kennt, aber macht ja nichts). Dann drückt er wieder Paolo. Er spricht ein furchtbar schnelles Italienisch, das durch die Aufregung auch nicht unbedingt deutlicher wird. Für mich hört es sich an, als wäre der ganze Text komplett an einem Stück. Ich bin mir nicht sicher, ob er überhaupt zwischendrin Luft geholt hat. Selbstverständlich verstehe ich kein Wort. Abgesehen von »Maria«, »Moto« und »Antonio«, »O dio!« und »ospedale«. Ich nehme an, Maria ist Nonnas Name, Antonio ist klar und »ospedale« heißt Krankenhaus, glaube ich. Paolo sieht so aus, als ob er sich sehr konzentrieren muss, aber er scheint zu verstehen, was Pietro sagt. Immerhin nickt er ab und zu oder schüttelt wahlweise den Kopf. Manchmal sagt er »si« oder »no«. Und dann, nachdem Pietro uns beide mit seinem Wortschwall beinahe den ganzen Weg bis nach Tortoli gespült hat (wäre ja praktisch gewesen), ist Paolo mit Sprechen und Fragen dran. Diesmal fällt ganz eindeutig Ninis Name.

Pietro hört mit gerunzelter Stirn zu. Oh, oh, das sieht

nicht gut aus. Wenn Paolo ihm die Geschichte erzählt, hofft er wohl, dass Pietro uns hilft und uns vielleicht sogar nach Tortoli bringt. Das wäre natürlich super. Aber wenn Pietro genau die gleiche Einstellung hat wie Nonno (und immerhin sind die zwei sehr gut befreundet), dann hilft er uns bestimmt nicht. Und nicht nur das, vielleicht petzt er sogar? Dann war es das mit unserer Rettungsaktion. Ich beiße mir auf die Unterlippe, während Pietro Paolo zuhört. Sein Gesicht ist verschlossen und ich kann überhaupt nicht einschätzen, was er denkt.

Plötzlich Stille. Pietro wiegt den Kopf hin und her und schaut abwechselnd von mir zu Paolo und wieder zurück. Er kneift die Augen zusammen und dann reibt er sich mit dem Zeigefinger über die Nase. Oh. Jemand, der das tut, kann nur gute Entscheidungen treffen, finde ich. Er muss einfach!

Plötzlich erhellt ein breites Lächeln Pietros Gesicht und er nickt. »Si«, verstehe ich noch, und dann geht das mit dem Kauderwelsch wieder los. Aber Hauptsache, er hat »si« gesagt, oder? Diesmal nur kurz und dann umarmen sich die beiden wieder und grinsen wie Honigkuchenpferde. Wie auch immer die grinsen.

»Und, was sagst du?«, fragt Paolo mich, während Pietro schon zur Fahrerseite seines Lastwagens geht. Von irgendetwas scheint er ziemlich begeistert zu sein. Wovon er redet, ist mir allerdings schleierhaft.

»Zu was?«

»Na, zu Pietros Idee!«

»Hallo? Ich spreche kein Italienisch, schon vergessen?« Das man auch immer alles allen erklären muss, echt!

»Ach so. Stimmt ja.« Er lacht. Pietro lacht auch. Wie schön, dass sie sich einig sind.

»Pietro fährt uns zu Nini«, erklärt Paolo, während er auf den Beifahrersitz klettert. Dann klopft er auf den Platz neben sich und bedeutet mir einzusteigen.

»Was für ein cooler Wink des Schicksals, was?« Grinsend klopft Paolo Pietro auf die Schulter.

»Si! Si! Si!«, sagt der bekräftigend, ohne auch nur ein Wort zu verstehen. Aber es gefällt ihm offensichtlich, dass es um ihn geht.

»Unsere Idee mit Nini fand er wahrscheinlich am Anfang ziemlich bescheuert. Aber er hat sich eben auch selbst so große Sorgen gemacht und Nonno hat ihm wohl auch schon öfter erzählt, wie sehr ihm seine Tochter fehlt. Natürlich nur heimlich …« Verschwörerisch lächelt Paolo mich an. »Und er fand auch, dass dies hier eine echt gute Gelegenheit ist, mehrere Fliegen mit einer Klappe zu schlagen.«

»Si, si, si!«, sagt Pietro wieder und grinst zu mir herüber. Mir wäre es ehrlich gesagt lieber, er würde sich ein bisschen mehr auf die Straße konzentrieren, aber ich will hier keine Spaßbremse sein. Und wie gesagt: Wenig Gegenverkehr ist echt ein Geschenk.

Es ist ungefähr halb sieben, als wir Tortoli erreichen. Wie sich herausgestellt hat, arbeitet Nini gar nicht mehr in dem

Hotel. Was sie stattdessen jetzt macht, konnte Paolo der Frau am Telefon nicht entlocken. Aber immerhin hat sie uns Ninis Adresse gegeben, weil er ihr was von einem Notfall erzählt hat.

Es ist immer noch hell (zum Glück, mit der Vespa hätten wir bestimmt Stunden länger gebraucht) und Pietro findet sich gut zurecht.

Als wir vor dem winzigen Häuschen im typisch sardischen Baustil mit der Natursteinmauer und dem gepflasterten Weg stehen, wird es mir doch ein bisschen mulmig. Bisher haben wir uns nur darüber Gedanken gemacht, dass Nonno und Nonna unsere Aktion doof finden könnten – aber was, wenn Nini genauso dickköpfig und stur ist? Würde ja irgendwie Sinn machen, oder? Pietro beschließt, vorsichtshalber gleich im Auto zu bleiben. Feigling. Ehrlich gesagt würde ich es ihm am liebsten gleichtun, aber das wäre wahrscheinlich doch ein bisschen blöd. Erst der ganze Aufwand, und dann kneifen? Nee nee, ich geh schon mit.

»Wollen wir?« Ich steige schon mal aus. Paolo klettert hinter mir her und kaum ist die Tür geschlossen, fährt Pietro davon.

»Äh, sollte er nicht vielleicht auf uns warten?«, frage ich Paolo. »Wie kommen wir denn sonst nachher wieder zurück?«

»Keine Sorge, der versteckt sich bloß«, sagt Paolo und zwinkert mir zu. Na prima. Das hört sich ja wirklich vielversprechend an. Egal. Augen zu und durch. Je früher wir es hinter uns haben, desto besser. Nini wird uns ja wohl kaum den Kopf abreißen. Hoffe ich. Immerhin haben wir beide mit dieser alten Geschichte nun wirklich gar nichts zu tun. Also los.

»Okay«, sage ich. Einatmen. Ausatmen. Klingeln.

Es passiert nichts. Nichts regt sich im Haus, soweit wir das von vor dieser Mauer hier beurteilen können. Noch mal: Einatmen. Ausatmen. Klingeln.

Wieder nichts. »Mach du mal«, sage ich zu Paolo. Ist immerhin seine Tante.

Gerade, als er die Klingel zum dritten Mal drücken will, öffnet sich die Tür und ein Mädchen mit langen dunkelblonden Haaren steht vor uns.

»Si?«, sagt sie fragend.

Meine Güte, ist sie hübsch. So hübsch. Genau die gleiche braune Haut wie Paolo. Schlank. Und dann diese langen Haare. Außerdem hat sie schon einen B-U-S-E-N. Schnell schaue ich zu Paolo, um seine Reaktion einzuschätzen, aber er steht nur mit offenem Mund da und starrt sie an.

Ich schätze sie auf fünfzehn.

Das wunderschöne Mädchen, das Paolo hingerissen anstarrt, muss Chiara sein. Ein heißer Stich fährt mitten durch mein Herz, und obwohl das eigentlich überhaupt nicht meine Art ist, kann ich Chiara von der ersten Sekunde an nicht leiden.

Das ist nur seine Cousine, Suki, versuche ich mich selbst zu beruhigen, und er hat sie gerade erst gefunden! Nein, zwecklos. Sie ist einfach zu hübsch, zu italienisch, zu … zu … perfekt.

Das nun folgende Gespräch kann ich zwar nicht verstehen, aber ich weiß auch so, um was es geht: Wer wir sind. Was wir wollen. Kurz höre ich sogar meinen Namen. Komisch, dass ich überhaupt noch eine Rolle spiele.

»Kommt doch rein!«, sagt Chiara plötzlich auf Deutsch und lächelt dabei freundlich. Hoffentlich ist sie nicht auch noch nett. Wie soll ich sie denn dann weiter nicht leiden können?

Grrr.

»Komm, Suki, gehen wir rein.« Paolo legt seine Hand auf meinen Rücken und schiebt mich sanft voran. Normalerweise würde mein Rücken jetzt dank Paolos Berührung funkeln und ich würde es sehr mögen. Aber jetzt gerade will ich nicht angefasst werden. Was ist bloß mit mir los? Ich winde mich aus seiner Berührung. Ich bin kindisch. Und eifersüchtig. Und das ist kein schönes Gefühl. Aber anstatt das zu ignorieren, mache ich es noch viel schlimmer. Ganz genau. Ich bin jetzt nämlich auch noch trotzig und kann gar nicht aus meiner Haut. Hilfe! Was passiert hier mit mir? Wo ist die Suki Wassermann hin, die ich mag und die ich verstehe? Nur weil eine wunderschöne, nette und einfach perfekte Chiara hier auftaucht, die dazu auch noch Busen hat, benehme ich mich wie ein Kleinkind, dem man das Sandspielzeug auf dem Spielplatz weggenommen hat. Und noch nicht mal das stimmt: Schließlich sind *wir* hier aufgetaucht. Nicht sie. Ich kann mich selbst nicht leiden. Aber ändern kann ich es auch nicht.

»Was ist denn?«, flüstert mir Paolo im Reingehen leise ins Ohr. Aber ich kneife nur die Lippen zusammen und sage nichts. Wer weiß, was da sonst rauskommt? Besser, ich halte den Mund.

Nach einem winzigen Flur kommen wir direkt in eine riesige Wohnküche. Ich habe noch nie einen solchen Raum gesehen. Er ist praktisch, modern eingerichtet und dabei gleichzeitig auch sehr gemütlich dank des alten Dielenbodens, des alten Kronleuchters und des langen, dunklen Holztisches mit den vielen verschiedenen Stühlen darunter. In der Mitte des Raumes steht ein großer, hoher, weißer Küchenblock mit einem Herd und Waschbecken und gegenüber führt eine große Verandatür in ein grünes Paradies. Ich staune. In diesem Raum ist alles praktisch und gleichzeitig cool und kunstvoll aufeinander abgestimmt.

»Chiara?«, ruft eine Frau aus dem Garten. »Wer war das?«

Deutsch. Das war Deutsch. Es muss Nini sein. Ich bin ganz kribbelig. Willkommen zum vorläufigen Showdown!

»Es sind Paolo und …« Sie wendet sich zu mir um. »Wie heißt du noch mal?« Sie lächelt entschuldigend und haucht ein »Sorry!« hinterher.

Ich lächele nicht. »Suki«, knurre ich lieber unfreundlich. Logisch, dass sie meinen Namen nicht mehr weiß. Ich bin offenbar zu unwichtig. Blöde Kuh.

»Und Suki«, ruft sie fröhlich nach draußen, so als ob sie meine schlechte Laune gar nicht bemerken würde.

»Paolo?«, dringt Ninis erstaunte Stimme zu uns. Noch mal: »Paolo? Casella?« Das ist Paolos Nachname. Della Rocca ist der Nachname von Nonno und Nonna – und der Mädchenname von Paolos Mama.

»Si, Casella.« Chiara schnaubt. »Jetzt komm doch einfach mal rein, Mama!« Sie schaut zu mir rüber und verdreht die Augen. Das Gefühl kenn ich. Beinahe hätte ich gelacht. Wäre sie meine Freundin, sogar ganz sicher. Ist sie aber nicht. Ein Grinsen kann ich mir trotzdem nur schwer verkneifen.

Plötzlich steht Nini mit aufgerissenen Augen und offenem Mund in der Tür. Sofort erkenne ich die Ähnlichkeit: Das gleiche lockige Haar wie Nonna, nur ohne die vielen Silberfäden, die gleichen weißen Zähne wie Nonno und die gleichen erdbeerbaumhonigfarbenen Augen wie Paolo. »Paolo!« Sie breitet ihre Arme aus und reißt ihn an sich. »O dio!«

Es folgt ein italienischer Wasserfall, gegen den der von Pietro ein Rinnsal war. Dann hält sie Paolo von sich weg und schaut ihn an. Schüttelt den Kopf, küsst ihn auf beide Wangen, reißt ihn wieder in ihre Arme und redet und redet. Zwischendurch wischt sie sich die Tränen an ihrem Ärmel ab und ruft immer wieder: »O dio!«

Selbst wenn ich nichts verstehe: Wiedersehensfreude auf Italienisch ist ansteckend. Laut. Emotional. Und sehr beruhigend. Schließlich sieht das hier nicht so aus, als würde sie uns rauswerfen. Puh.

»Setzt euch! Setzt euch!« Aufgeregt wedelt Nini Richtung Tisch und kramt ein Taschentuch aus einer Schublade.

Paolo hat noch kein Wort gesagt (war auch kaum möglich), aber er macht einen frohen Eindruck. Während er sich am Kopfende des Tisches niederlässt, zwinkert er mir zu. Chiara starrt abwechselnd ihn und dann wieder mich an. Keiner von uns spricht. Komische Situation. Normalerweise kann ich das nicht gut aushalten, aber im Moment weiß ich beim besten Willen nicht, was ich sagen soll.

»Und du bist?« Fragend schaut Chiara jetzt zu mir.

»Immer noch Suki«, sage ich patziger, als ich eigentlich wollte. Ich merke schon, dass sie nur nett sein will und außerdem sind wir hier zu Gast. Oder jedenfalls Paolo. Und wir wollen was von den beiden. Vielmehr von Nini. Wäre also ganz praktisch, wenn ich mich endlich mal zusammenreißen könnte.

Ich räuspere mich. »Wir sind nur zu Besuch hier. Wir haben das kleine Häuschen von Paolos Nonno und Nonna am Strand gemietet.« Na bitte. Ich bemühe mich. Dabei fällt mir ein, dass es ja auch Chiaras Nonno und Nonna sind. Ob sie sie je gesehen hat? Kurz schwappt eine klitzekleine Mitleidswelle über meine Eifersucht. So nah an den Großeltern und keinen Kontakt? Das muss bitter sein.

»Das Häuschen am Strand?« Nini ist wieder an den Tisch gekommen. »Das ist das beste Haus der Welt!« Sie strahlt.

»Früher habe ich mir immer fest vorgenommen, dort zu wohnen, wenn ich mal groß bin.« Sie stellt schöne alte Kristallgläser und eine große Karaffe mit Wasser und Limetten vor uns hin. »Habt ihr Durst?«

Oh ja. Jetzt, da sie es erwähnt, erinnere ich mich wieder daran, *wie* durstig ich bin. Sie schenkt mir ein. Gierig trinke ich einen großen Schluck. Das Wasser ist eiskalt und köstlich.

»Und dann kam es eben doch anders. Na ja …« Sie macht eine wegwerfende Handbewegung. »Hier ist es auch schön, oder, Chiara?« In dem Blick, den sie mit Chiara wechselt, steckt viel Liebe. Aber man kann auch den Kummer erkennen und die Sehnsucht, die sich dahinter verbirgt. Es sieht nicht so aus, als wüsste Chiara, von welchem Haus hier die Rede ist.

»Aber jetzt erzählt mal. Was führt euch hierher? Und wo sind die anderen?« Und dann, als sie sieht, wie Paolo und ich uns einen bedeutungsvollen Blick zuwerfen, wird ihr wohl plötzlich klar, dass wir nicht aus Spaß hier aufgetaucht sind. Die Stunde der Wahrheit ist gekommen.

»Ist etwas passiert?«

Als wir mit der ganzen Geschichte fertig sind (und Nini noch mindestens hundertmal »O Dio« gerufen hat), weiß sie Bescheid. Zumindest weiß sie von dem Unfall. Ganz blass ist sie geworden, als wir von Nonnas Sturz erzählt haben (»O Dio!«) und von Nonnos Verzweiflung. Davon, wie

Mama im Moment versucht, den Restaurantbetrieb aufrecht zu erhalten (»O Dio!«), und wir mit der Vespa gekommen wären, wenn wir nicht Pietro getroffen hätten (»O Dio! O Dio!«).

Moment. Sie stockt. »Pietro? Mein Pietro? Hier?«

Es ist zehn Uhr abends, als wir nach draußen gehen und Pietro reinholen, der wie versprochen um die Ecke gewartet hat. Als er Nini sieht, gibt es das zweite große italienische Wiedersehen mit vielen Tränen und vielen weiteren »O Dio!«s, mit Umarmen und Küssen und allem Drum und Dran. Schließlich kennt Pietro Nini schon, seitdem sie als Kind in Sardinien ankam. Sie war wohl so was wie die Ersatztochter für den alleinstehenden Mann. Dass er es so lange ausgehalten hat, ohne selbst Kontakt mit ihr aufzunehmen, liegt nur an der Loyalität zu seinem Freund Antonio.

»Stupido!«, sagt Pietro immer wieder und schüttelt den Kopf. »Stupido!« Seine Riesenpranke liegt auf Ninis Hand.

»Dummkopf«, übersetzt mir Paolo grinsend.

Pietros Augen glänzen wie das blank polierte Besteck, das Nini neben die rustikalen Holzbretter legt, auf denen sie Käse, Trauben und würzige Salami drapiert hat. Ein Korb mit selbstgebackenem Brot und eine Karaffe Cannonau stehen daneben. Gäste zu bewirten, liegt der Familie Della Rocca sehr eindeutig im Blut, denke ich selig, bevor ich zugreife. Lecker.

Vor lauter Schmausen hätten Paolo und ich beinahe vergessen, warum wir hier sind. Bisher haben wir Nini zwar erzählt, was passiert ist, aber noch nicht, was wir von ihr wollen. Und Pietro ist wirklich keine Hilfe. Er ist schon beim zweiten Glas Wein, und wenn er so weitermacht, wären wir vermutlich mit der Vespa sicherer unterwegs. Wir müssen ihn unbedingt daran hindern, noch eines zu trinken, sonst kann er auf gar keinen Fall mehr fahren.

Paolo lauscht begeistert irgendwelchen alten Geschichten, die Pietro in rasend schnellem Italienisch über Nini erzählt. Ich verstehe wie immer gar nichts und meine Gedanken schweifen ab.

Jetzt ist es schon fast halb elf. Selbst wenn das Restaurant bis elf oder noch länger Gäste hat, fragen sich Mama und Papa bestimmt schon so langsam, wo wir sind. Ich will nicht, dass sie sich nach all dem Kummer mit Nonna auch noch um uns Sorgen machen müssen. »Wir sollten wirklich so langsam wieder nach Hause fahren«, sage ich zu Paolo.

Er schreckt hoch: »Was?«

»Nach Hause?«, sage ich und zeige auf die Uhr, die neben der Tür an der Wand hängt.

»Warum bleibt ihr nicht einfach hier?«, schlägt Nini vor.

»Ja, warum nicht?«, steigt Chiara mit ein und lächelt Paolo an. »Paolo könnte in meinem Zimmer schlafen.« Sie schaut von ihm zu ihrer Mutter. »Äh, Suki natürlich auch.«

Sicher. Ganz klar. Ruhig bleiben, Suki.

Nini grinst. »Ja, bleibt doch!«

»Warum eigentlich nicht?« Selbst Paolo findet die Idee offensichtlich gut. Kein Wunder, so wie ihn Chiara anschaut.

Aber ich will nach Hause. Am liebsten sofort. Ich fühle mich wie das fünfte Rad am Wagen und frage mich, warum ich überhaupt mitgekommen bin. Gebraucht werde ich hier jedenfalls nicht. Ich spreche kein Italienisch, ich habe keine glatten langen Haare und ich bin auch kein ewig vermisstes Familienmitglied. Nein, höchste Zeit zu verschwinden. Schließlich einigen wir uns darauf, dass ich mit Pietro nach Hause fahre und Paolo hier bleibt. Wäre es nach mir gegangen, würde Paolo mitkommen. Aber nach mir geht es wie immer nicht. Paolo sieht nicht so aus, als wäre er über meinen Abschied besonders traurig und Chiara schon gleich gar nicht. Ich seufze.

Wir machen aus, dass ich Mama und Papa in unseren Plan einweihe (und Nonno nichts davon erfährt, bis Paolo wieder zu Hause ist – sonst würde er sich nur noch mehr aufregen) und Paolo den Rest mit Nini bequatscht. Den großen Rest. Den absoluten Paolo-Suki-Masterplan. Eigentlich passt alles perfekt: Ninis Sehnsucht nach zu Hause und Nonnos und Nonnas Sehnsucht nach Nini und Chiara. Der Unfall und die Sorge um die beiden. Die Tatsache, dass Nini im Hotel gekündigt hat, weil sie sich endlich selbstständig machen will und nur noch nicht das richtige Objekt gefunden hat.

Was wohl Chiara zu unserer Idee sagt? Im Moment sieht sie sehr zufrieden aus, wie sie da neben Paolo sitzt und jede seiner Bewegungen beobachtet. Sie himmelt ihn geradezu an! Vermutlich findet sie ihn total *süüüß*! Ich könnte ausflippen.

Einatmen. Ausatmen. Und mein neues Mantra sagen: Ist mir völlig schnuppe, wen oder was Chiara gut findet. Ist mir egal …

»Danke für das leckere Essen, Nini«, sage ich beim Aufstehen und gehe zur Tür. Ich werfe keinen Blick zurück in die Küche, damit ich nicht auch noch sehen muss, dass es Paolo egal ist, ob ich da bin oder nicht. »Ciao Chiara, Ciao Paolo!«, rufe ich über die Schulter, aber die beiden sind so in ihr Gespräch vertieft, dass sie mich nicht einmal wahrnehmen. Tja. Hier werde ich wohl nicht mehr gebraucht. Tränen schießen mir in die Augen, als ich die Treppenstufen runtergehe. Pah. Nah am Wasser gebaut hin oder her. Ich werde nicht heulen. Nur nicht heulen, Suki, ermahne ich mich selbst, aber eine dicke Träne kullert doch über meine Wange. Ich fühle mich nutzlos. Vergessen. Hässlich und überflüssig. Blöde Chiara. Blöder Paolo und überhaupt blöder Urlaub!

»Warte doch, Suki!«, ruft mir Paolo hinterher, aber ich bin schon draußen. Mir doch egal. Wahrscheinlich soll ich nur Matteo irgendwas ausrichten oder so. Meinetwegen wird er sich wohl kaum die Mühe machen. Pietro kommt hinter mir den Weg entlang und ich bin froh, dass ich ihn schon mit seinem Autoschlüssel klappern höre. Weg hier, denke ich. Nur weg!

»Suki? Alles in Ordnung?«, höre ich Paolo hinter mir rufen. »Lass sie doch, wenn sie nicht will«, sagt Chiara.

Die können mich mal. Beide. Ich fahre jetzt heim. Und dann … Ach, egal. Alles blöd. Basta mit Paolo. Stupido.

Stumm fahre ich mit Pietro durch die Nacht. Was hätten wir auch sprechen sollen? Am Anfang hat er noch versucht, Konversation mit mir auf Italienisch zu machen. Die Ausweglosigkeit seiner Bemühungen hat er aber schnell erkannt, nachdem ich den einzigen kompletten Satz gesagt habe, den ich fehlerfrei kann: »Scusa, non parlo l'italiano.« – »Entschuldigung, aber ich spreche kein Italienisch.« Das will ich aber ändern. Wenn ich das nächste Mal hierher komme, will ich Italienisch können. Und zwar so richtig gut. So, dass ich mich unterhalten kann und keinen Übersetzer brauche. Dass ich mitkriege, um was es geht, und Chiara auf Deutsch und auf Italienisch sagen kann, was sie für eine blöde, eingebildete Kuh ist. Andererseits: Ob es überhaupt ein nächstes Mal geben wird? Im Moment bin ich mir da gar nicht so sicher …

GRANDE FINALE

Pietro fährt mich bis direkt vor das Restaurant und ich komme gerade rechtzeitig, um beim Aufräumen zu helfen. Ich bin froh, dass es noch etwas zu tun gibt, denn abgesehen davon, dass die anderen mich damit aufziehen, dass ich den ganzen Abend gefaulenzt habe, reden wir nicht viel. Keiner fragt, wo Paolo ist, oder wundert sich darüber, warum ich nicht zum Quatschen aufgelegt bin. Jeder ist mit sich selbst beschäftigt und erschöpft von diesem anstrengenden Tag. Mama ist total damit zufrieden, wie der Abend gelaufen ist, und erzählt die ganze Zeit stolz, was sie alles wie gekocht hat.

Um Mitternacht sind wir endlich fertig mit allem und wanken müde über den kleinen Pfad in unser Häuschen. Unter dem gigantischen Sternenhimmel erzähle ich Mama und Papa, Cora und Emily von unserem Abenteuer und nehme ihnen das Versprechen ab, keinem etwas zu sagen, bis Paolo da ist. Denn noch weiß ja niemand, wie die Geschichte ausgeht. Noch ist Nonna nicht zu Hause und Paolo auch nicht wieder da.

Aus dem Augenwinkel sehe ich den wunderbaren Susosa orange leuchten, und obwohl mein Herz schwer ist, schicke ich einen Wunsch dorthin. Ich frage mich, ob Paolo vielleicht auch gerade jetzt zufällig in den Himmel schaut und ich wünsche mir, dass er an mich denkt. Aber vielleicht hat er auch nur noch Augen für Chiara.

Gleich am nächsten Morgen um acht pocht Nonno an unsere Tür. »Buongiorno, Suki! Weißte Du, wo Paolo ist?« Zum Glück habe ich mit dieser Frage schon gerechnet und hoffe, dass eine Notlüge hier gerechtfertigt ist. Der arme Nonno soll sich nicht noch mehr Sorgen machen, als sowieso schon.

»Ich glaube, Paolo schläft bei Matteo im Zimmer. Er hat sich gestern so einsam gefühlt ohne Nonna.«

Sofort tritt ein schmerzerfüllter Ausdruck in Nonnos Gesicht. »Weiß ich genau, wie er sich fühlt! Sag Suki, meinste Du, jemand kann mich ins Krankenhaus bringen?«, fragt er und schaut hoffnungsvoll an mir vorbei in die Diele. Sein Auto steht immer noch bei Pietro, und da soll es auch bleiben, bis die Bombe geplatzt ist. Zum Glück hat er nicht beschlossen, zu Fuß dorthin zu gehen, um es zu holen. Ob Pietro so verschwiegen wäre wie wir? Eher nicht. Und dann hätten wir uns unsere Idee abschminken können, so viel ist klar.

Aber Nonno ist zum Glück faul und würde nie freiwillig irgendwohin laufen. Er selbst bezeichnet sich übrigens eher als entspannt. Und das müsse man auch sein, wenn man mit Nonna verheiratet sei. Ah ja.

Zum Glück ist Papa auch schon wach. Wenigstens einigermaßen. Verschlafen reibt er sich die Augen, als Nonno ihn bittet, ihn zu fahren. Schnell gießt er sich gähnend in der Küche noch einen Kaffee ein und klappert nebenher mit den Autoschlüsseln, um Nonno zu beruhigen. Nonno möchte keinen Kaffee. Er wartet lieber draußen auf den Stufen und schaut aufgeregt alle paar Sekunden auf die Uhr.

Als die zwei verschwunden sind, stelle ich mich schnell unter die Dusche und laufe rüber ins Restaurant. Heute will ich unbedingt meinen Teil dazu beitragen, dass es schön aussieht, wenn Nonna kommt. Wenn man dieses Energiebündel dazu bewegen will, stillzusitzen oder gar -zuliegen, muss man wohl oder übel dafür sorgen, dass außenrum alles perfekt ist. Sonst steht sie nämlich auf und macht es selber, hat uns Nonno erzählt, und ich glaube ihm. Irgendjemand muss ja seine »Entspanntheit« ausgleichen.

Ich kann Matteo und Mama dazu überreden, das Restaurant für heute zu schließen. Immerhin wäre das vermutlich ein bisschen viel auf einmal: Nonna wieder zu Hause, und dann auch noch die große Nini-Finale-Show. Hoffentlich geht alles gut. Hoffentlich freuen sich auch wirklich alle. Und hoffentlich freut sich Paolo auch ein bisschen. Auf mich, meine ich.

Besser, ich konzentriere mich vorläufig auf unseren Plan und nicht auf mein armes Herz. Sonst kann ich nämlich überhaupt nicht mehr denken. Es ziept und drückt in meiner Brust und ich fühle mich so elend, als ob ich die Grippe kriegen würde. Gefühlsgrippe. Autsch. Am liebsten würde ich mich in mein Bett legen, aber dann würde ich ja alles verpassen. Und das kann ich nicht leiden.

Es wird schon schiefgehen, beruhige ich mich. Ich lege frische Tischdecken auf und pflücke Blumen für die kleinen Vasen. Ich kehre trockene Blätter zusammen und fege vor dem Eingang, nur um beschäftigt zu sein. Die anderen sind in der Küche und ich genieße es, alleine zu sein und keine Fragen beantworten zu müssen. Wie gut, dass Papa weg ist und Mama wieder einmal kocht (denn selbst wenn keine Gäste kommen, werden wir ja schon zu zwölft sein, sobald wir vollzählig sind). Beide hätten sofort gesehen, was mit mir los ist. Und ich will nicht darüber sprechen oder schlaue Ratschläge hören.

Ich füttere Amico und drehe mit ihm eine Runde, auch wenn er viel lieber im Hof liegen bleiben würde. Für ihn ist es bestimmt seltsam, dass weder Nonna noch Paolo da sind. Sein fragendes »Wuff?« bedeutet bestimmt nichts anderes als: »Wo sind eigentlich alle?«

Um zwei sind wir fertig. Nonna kommt um halb drei. Gestützt von Papa und Nonno humpelt sie in den Garten und wird von Mama, Emily, Cora, Matteo, Luca und mir wie eine Königin empfangen. Wir haben ihren Lieblingsliegestuhl unter die große Kastanie gestellt. Auf einem Tischchen daneben stehen ein Krug mit Wasser und ein Glas. Der größte und bunteste Blumenstrauß, den ich zustande gebracht habe, steckt in einer großen Karaffe. Der Garten ist aufgeräumt und sogar Amico sieht heute gekämmt aus (ist er auch, ich wusste irgendwann sonst nichts mehr mit mir anzufangen).

Das hier ist der beste Platz zum Gesundwerden, würde ich sagen.

Nonna ist blass, und als sie uns alle im Hof stehen sieht, steigen ihr vor Rührung die Tränen in die Augen. Ihre linke Hand ist dick eingebunden, genauso wie ihr linkes Bein. Sie sieht aus wie ein halber italienischer Schneemann. Dankbar lässt sie sich auf die Liege fallen. Sofort eilt Nonno in die Küche und holt Eis zum Kühlen. Mama bringt ein Tablett mit Prosecco für uns alle.

Nachdem wir sie noch einmal hochleben lassen und sie sich tränenreich für alles bedankt, sitzen wir im Kreis um Nonna herum und staunen über das Glück, das sie hatte, und freuen uns einfach, dass sie schon zu Hause ist. Wir reden und essen Meloneneis und es ist entspannt und ruhig wie kaum eine Sekunde in den letzten achtundvierzig Stunden. Nonno streichelt Nonnas rechte Hand. Und beide schauen sich immer wieder glücklich und erleichtert an.

»Wo ist Paolo?«, fragt Nonna plötzlich.

Okay, das war's mit der entspannten Ruhe.

»Ähm, also, Paolo …«, druckse ich herum. »Paolo …«

»Ja genau, den habe ich doch schon seit gestern nicht mehr gesehen«, steigt Matteo mit ein. Oh Mann, Matteo! Du bist echt ein Klotz, denke ich. Wütend schaue ich ihn an.

Cora tritt ihm gegen das Schienbein. Anscheinend hatte sie keine Gelegenheit, ihn einzuweihen. Mist.

»Autsch! Warum trittst du mich denn, Cora?« Völlig verwirrt schaut er sie an. »Wo ist er? Und warum guckst du so komisch?« Eine rasche Auffassungsgabe scheint nicht zu Matteos Talenten zu gehören. Er ist eben genauso »entspannt« wie sein Großvater.

»Hier. Ich bin hier.«

Paolo tritt durch den Torbogen zu uns in den Garten. Puh. Gerade zum richtigen Zeitpunkt. Jetzt heißt es Daumendrücken.

»Paolo!«, ruft Nonna froh und streckt ihre Hände nach ihm aus. Schnell geht er auf sie zu. Aber er ist alleine. Wo sind nur Nini und Chiara? Haben sie sich doch anders entschieden und sind zu Hause geblieben?

Paolo strahlt und läuft schnell zu seiner Großmutter, um sie zu umarmen. »Nonna! Ich bin so froh, dass du wieder da bist!«

»Iche auch, Paolo. Iche auch«, sagt sie gerührt.

Er kniet sich neben sie.

»Nonna. Ich muss dir etwas Wichtiges sagen.« Er legt seinen Arm um ihre Schultern und schaut sie ernst an.

»Si? Iste noch etwas passiert?« Ängstlich schaut sie von ihm zu Nonno und wieder zurück.

»Nein, Nonna. Aber wir haben uns große Sorgen gemacht. Alle.« Er streichelt über ihren Arm. Ich bin mir sicher, dass er sich die ganze Fahrt hierher überlegt hat, was er sagen soll. Und ich weiß auch, was jetzt kommt. Und tatsächlich: »Und *alle* heißt Cora, Emily, Suki, Luca, Stephan, Rita, Matteo, Nonno, ich …« Er macht eine kleine Pause und schaut sie eindringlich an. »Und noch jemand. Kannst du dir vorstellen, wer?«

Nonna schaut ihn verwundert an und schüttelt den Kopf. »Wer?«, fragt sie schließlich.

»Nini und Chiara«, antwortet Paolo schlicht. Während er das sagt, treten die beiden ebenfalls durch den Torbogen.

Nonna schießen sofort Tränen in die Augen und sie schlägt die Hände vor dem Gesicht zusammen und schluchzt. »Nini!«, hört man immer wieder durch ihre Hände. Sie schüttelt den Kopf. »Chiara!«

Keiner von uns sagt etwas. Selbst Nonno ist still. Er schaut nur zwischen seiner Frau und Nini und Chiara hin und her. Die beiden haben sich keinen Millimeter vorwärts bewegt und stehen einfach da. Abwartend. So als ob sie damit rechnen, gleich wieder rausgeschmissen zu werden. Ninis Augen schimmern verdächtig feucht.

Nonna nimmt die Hände so vorsichtig von ihren Augen, als würde sie erwarten, dass die beiden gleich wieder verschwinden, wenn sie es nicht behutsam genug macht. Tränen laufen über ihr Gesicht und sie wiederholt immer wieder die beiden Namen. Nini und Chiara stehen nach wie vor da wie festgefroren.

Endlich streckt sie die Arme nach den beiden aus. Und endlich, endlich gehen die beiden auf sie zu.

Dann geht alles ganz schnell. Bevor die beiden bei Nonna angekommen sind, ist Nonno aufgestanden. Ich war so fasziniert von Nonna, dass ich Nonno keinerlei Beachtung geschenkt habe. Jetzt kommt es darauf an. Ist er wütend? Oder ist er genauso froh wie seine Frau?

Einen kurzen Moment bleibt er vor beiden stehen. Ich kann sein Gesicht nicht sehen und die Spannung ist fast unerträglich. Ninis Gesichtsausdruck ist unergründlich. Plötzlich atmet Nonno tief ein und mit einem Riesenseufzer breitet er endlich seine Arme aus.

Die Stille, die bis vor einer Sekunde geherrscht hat, wird nun abgelöst von lauten Rufen: »Nini!«

»Chiara!«

»O Dio« darf natürlich nicht fehlen.

Und ganz neu: »O Gesu!« Für manche Situationen braucht man eben ein ganz besonderes Vokabular.

Nonno drückt abwechselnd seine Tochter und seine Enkelin.

Tränen laufen seine runzeligen Wangen herab. Er heult wie ein Schlosshund, zwischendrin wirft er die Arme in die Luft und lässt die beiden erst wieder los, als sich Nonna beschwert, dass auch sie ihren Teil der Wiedersehensfreude, Versöhnung und Begrüßung abhaben will. Schließlich ist sie ja wohl die Hauptperson. Und wenn sie nicht gewesen wäre … und ihr Unfall und …

Matteo steht blass daneben. Er sieht so aus, als würde er überhaupt nichts kapieren. Schließlich zieht ihn Paolo zu

Nonnas Liegestuhl und mitten in eine riesige Della Rocca/ Casella-Gruppenumarmung. Immer wieder schaut Nini in all dem Chaos dankbar zu Paolo hinüber und ich sehe, wie sie mehr als einmal nach seiner Hand greift oder ihm über den Rücken streicht. Chiara lässt sich von der allgemeinen Freude mitreißen und ebenfalls drücken und herzen, aber man merkt, dass sie zurückhaltend ist. Einmal mehr empfinde ich so etwas wie Mitleid für sie. Es ist bestimmt nicht leicht für sie, sich auf diese neue alte Familie einzulassen, die sie überhaupt nicht kennt. Bestimmt hat sie sich oft gewünscht, ihre Nonna und ihren Nonno kennenzulernen. Aber ob sie sich die beiden und das Wiedersehen so vorgestellt hat? Komisch, wenn man sich diese Familie so anschaut, ist es fast nicht zu begreifen, wie sie all diese Jahre mit einem Streit verschwendet haben, den keiner wollte und der sich nun so leicht auflösen ließ. Wie konnte es überhaupt so weit kommen? Wie viel Leid wäre allen erspart geblieben?

Manchmal ist das Leben eben nicht so einfach, denke ich mir später, als wir alle an den Tischen sitzen und Nonnos Käsepizza mit Erdbeerbaumhonig probieren, weil es keine einzige Tomate mehr in diesem Haus gibt. Sie ist wirklich köstlich, aber mit einer Margherita wird sie nie mithalten können. Hinterher ist man immer schlauer. Was Käsepizza betrifft, aber auch die vielen Missverständnisse. Mein Blick fällt auf Chiara, die glücklich zwischen Matteo und Paolo auf der Bank am langen Gartentisch sitzt. Paolo isst und redet wild gestikulierend mit beiden. Bestimmt erzählt er gerade die Geschichte, wie wir mit der Vespa fahren wollten und dann zum Glück Pietro getroffen haben. Der ist übrigens auch noch vorbeigekommen und sitzt jetzt neben Papa, der an ihm seine italienischen Sätze ausprobiert. Geduldig hört Pietro zu und antwortet langsam. Beide prosten sich zu und lachen, wenn Papa mal wieder etwas besonders Gelungenes von sich gegeben hat.

Mein Blick wandert zu Paolo zurück. Plötzlich schaut er auf und sieht mir direkt in die Augen. Mein Herz macht einen kleinen, frohen Hüpfer, als Paolo lächelt. Er hebt den Daumen und zwinkert mir zu. Ich lächele zurück und die Schmetterlinge in meinem Bauch probieren einen vorsichtigen Flugstart.

Wir sitzen bis in den späten Abend im Garten und schmieden genau die Pläne, die Paolo und ich perfekt eingefädelt haben: Nonno und Nonna wollen kürzer treten und Nini will ein eigenes Hotel. Aber noch lieber als das will sie hierher zurückkommen, in unserem Häuschen wohnen und das Restaurant mit Nonna zusammen führen. Sie kann sich vorstellen, einen kleinen Laden einzurichten, in dem man Nonnos Erdbeerbaumhonig, Wein und Mirto kaufen kann, und kochen will sie mit Nonna gemeinsam. Nonna und Nonno sind völlig überwältigt vor Glück. Sie müssen nicht nach Deutschland. Aber noch viel wichtiger: Sie haben ihre Tochter zurück. Und ihre Enkelin auch. Apropos:

»Und was ist mit mir?«

Mist. Bei all unseren Plänen haben wir Chiara völlig vergessen! Unglücklich schaut sie von einem zum anderen. Oje. Natürlich! Sie hat ihre Schule in Tortoli. Ihre Freunde. Ihr Leben. Will Nini ihrer Tochter wirklich einen Umzug zumuten, nur damit sie ihre Idee umsetzen kann?

Betretene Stille macht sich breit.

»Chiara, wir müssen nicht umziehen. Wir können auch in Tortoli bleiben, wenn du das lieber magst …« Abwartend schaut Nini Chiara an. Eine Weile überlegt sie hin und her. Plötzlich lächelt Chiara Nini und ihre Großeltern an.

»Ich habe gar nicht gewusst, wie schön es ist, eine so große Familie zu haben«, sagt sie. »Ich meine, Mama und ich … wir sind ein gutes Team. Oder, Mama?« Beide lächeln sich an. Nini nickt und Chiara spricht weiter: »Ich war hier zwar noch nie, aber es ist so vertraut wie ein richtiges, echtes Zuhause. So als ob wir hierher gehören. Komisch. Und dabei mag ich unser Haus in der Stadt wirklich sehr. Aber das hier …?« Ihr Lächeln wird breiter, als sie Nonnas Hand nimmt. »Das hier ist anders. Bis vor einer Stunde hätte ich nicht gedacht, dass ich das jetzt sagen würde, aber doch: Ich komme gerne mit und ich kann mir gut vorstellen, hier zu wohnen. Tortoli ist nur eine Stunde von hier entfernt. Pietro kann mich bestimmt ab und zu mitnehmen. Mama muss bestimmt auch oft in die Stadt, und es gibt ja auch noch die Vespa …« Sie grinst. Empörtes und ablehnendes Gemurmel erhebt sich. »Die Vespa? Spinnste du?«, sagt Nonno und reißt die Augen auf.

Chiara lacht. »Schon gut, schon gut, Nonno. War ein Spaß. Ich nehme selbstverständlich den Bus. Ehrlich. Warum übrigens keiner von euch selbst auf die Idee gekommen ist …?«

Sie zwinkert Paolo zu. Er lacht. Und dann schaut er mich an und schickt mir einen Luftkuss einmal quer über den Tisch. Mein Herz hüpft.

Irgendwann wird es spät und Nonna und Nonno gehen aufeinander gestützt ins Bett, nachdem Nonno beschlossen hat, übermorgen ein großes Freudenfest zu feiern. Mit uns. Mit Pietro. Mit allen, die kommen wollen. Gleichzeitig wird es unser Abschiedsfest sein. Ich mag gar nicht daran denken und frage mich, wie ein Abschiedsfest irgendetwas mit Freude zu tun haben kann. Kann es? Vielleicht, wenn man so vernünftig ist, sich darüber zu freuen, dass es schön war, anstatt traurig zu sein, dass es vorüber ist? Keine Ahnung, für Vernunft und kluge Sprüche habe ich auf der Heimfahrt nach Deutschland noch genug Zeit. Ich nehme mir vor, trotzdem eine Familienpackung Taschentücher griffbereit zu halten. Nur für alle Fälle.

Nini und Chiara fahren nach Tortoli zurück. Sie wollen aber natürlich zum Fest wiederkommen und dann auch ein paar Nächte bleiben. Ich bin nicht unglücklich, dass ich diese letzten zwei Urlaubstage Paolo noch für mich alleine habe. Auch weil Chiara vorhin beim Abschied zu mir gesagt hat, dass Paolo bei ihr die ganze Zeit nur von mir gesprochen hat.

Überhaupt Paolo: Nachdem Chiara weg war, hat er mal wieder die blaue Kühltasche gepackt und mich an der Hand genommen. Wir sind gemeinsam an die kleine Bucht gegangen. Und nachdem wir zum vorletzten Mal durch den Sternenhimmel geschwommen sind und wieder auf dem noch warmen Sand liegen, sagt er mir, dass er mich schrecklich vermissen wird. Dass er nur mit mir auf diese großartige Idee mit Nini hätte kommen können. Dass ich der allerbeste Sonntag bin, den es auf der Welt gibt. Und dass es nie wieder ein Wochenende geben wird, an dem er nicht an mich denken wird.

Und dann fragt er mich, ob ich nächstes Jahr wiederkommen will, und ob er mir schreiben darf und ob ich ihm vielleicht meine Telefonnummer geben könnte. Nur für den Fall, sagt er schüchtern, dass er Susosa, den Wunderbaren, nicht mehr findet, eine gute Idee braucht oder einfach nur meine Stimme hören möchte.

Die Schmetterlinge in meinem Bauch laufen zu Höchstformen auf, als er mich küsst. Ich schwöre mir selbst, den Geschmack nicht zu vergessen: nach Sommer, nach Salz, nach Paolo und nach einem Hauch Meloneneis.

Während ich meinen Koffer packe und mir immer wieder eine dicke Träne auf meine Klamotten tropft, fällt mein Blick auf die vielen Postkarten, die ich schreiben wollte. Ganz oben liegt die einzige, auf der wirklich etwas steht. Ich setze mich an den Tisch und lese, was ich geschrieben habe:

Liebe Paula,
hier auf Sardinien ist es so heiß. Der Himmel ist blau. Das Meer auch. Es ist total …

Ich schnappe mir einen Kuli aus meinem Mäppchen und fahre fort:

… schön! Unglaublich! Ich wünschte, Du wärst hier mit mir, mit Paolo, Cora, Emily, Matteo und Luca. Wer das alles ist, erzähle ich dir zu Hause. Wir sind durch Sterne geschwommen, haben Nonna und Nonno gerettet, ich habe Meloneneis mit Salz gegessen, und das Wichtigste: Ich habe Paolo geküsst. Ach Paula, das war der beste Urlaub ever! Ich freu mich auf dich! Und das nächste Mal kommst du mit.
Deine Suki

Ende

DANKE

Ich möchte mich bei meinen Kindern bedanken, die so interessante Geschichten erleben, dass ich gar nicht anders kann, als sie aufzuschreiben.

Es ist schön zu sehen, wie ihr mit offenen Augen durchs Leben geht, euch für andere einsetzt und euch mutig und optimistisch auf Neues einlasst. Ich freue mich sehr darüber, dass ihr so nette Freunde habt – und noch viel mehr, dass ihr selber so gute Freunde seid.

Ein besonderer Dank geht auch an Dagmar Schubert für ihre eigenen Sardiniengeschichten und an Helena Ludwig fürs erste Lesen!

Ich danke meiner Agentin Anja Koeseling für ihre mitreißende Energie und ihre unerschütterlichen Glauben daran, dass sowieso alles möglich ist. Man muss es nur machen.

Und ein Hoch auf meine Lektorin bei cbj, Christiane Rittershausen, für ihre klugen Anmerkungen, inspirierenden Rückfragen und die motivierenden Smileys!

Lucinde